laboratory chief
「あいつは天才というより……『鬼才』だな」
「私は先輩に比べたら天才でもなんでもないですよ！」
ラウラ・ヴェステルホルム
紅矢倉を慕う天才少女
GENIUS GIRL

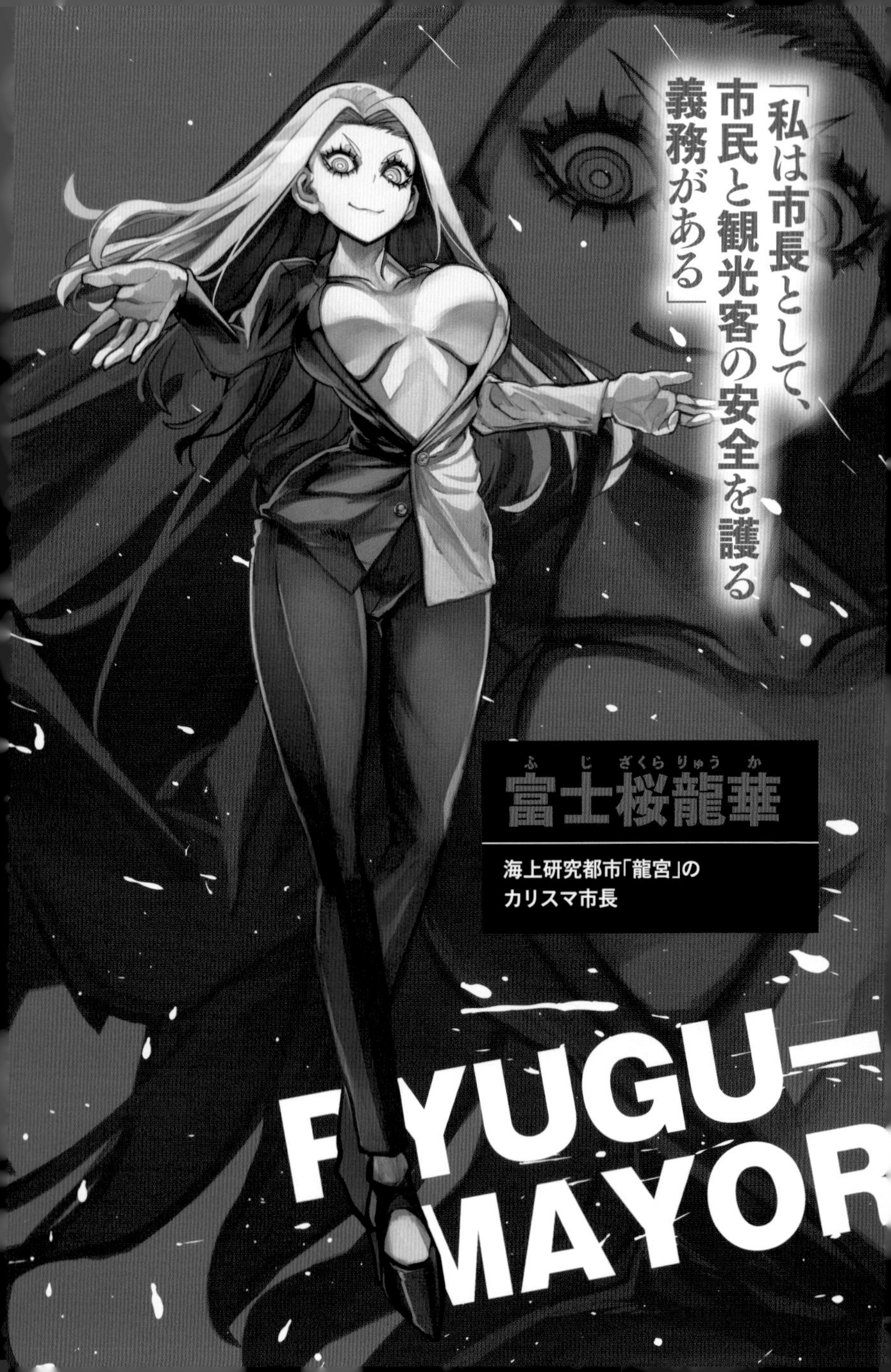
「私は市長として、市民と観光客の安全を護る義務がある」
富士《ふじ》桜《ざくら》龍《りゅう》華《か》
海上研究都市「龍宮」のカリスマ市長
YUGU—
MAYOR

YAEGAS
「それは、まあ……興味深いですね」
「フリオ、もう準備できたの？忘れ物ない？」
「お姉ちゃんもお父さんも、心配してるかな……」
ウィルソン山田《やまだ》
科学系企業「ネブラ社」の学芸員
八重《やえ》樫《がし》ベルタ
レストラン「メドゥサ」の女性歌い手《カンタオーラ》
八重《やえ》樫《がし》フリオ
ベルタの弟
NEBRA
CURATOR

「人質は……この島にいる全ての人間だ」
イルヴァ
謎の集団をまとめる女傭兵
LEGENDARY
MERCENARY

BLINDNES
MERCENAR
「運が悪かったね、サメちゃん」
野《の》槌《づち》狐《こ》景《かげ》
イルヴァの部下の盲目少女
「へいへい、イルヴァの姐御の仰せのままに」
ベルトラン・ラブレー
イルヴァに従う副官
CRAFTY
MERCENAR

CONTENTS

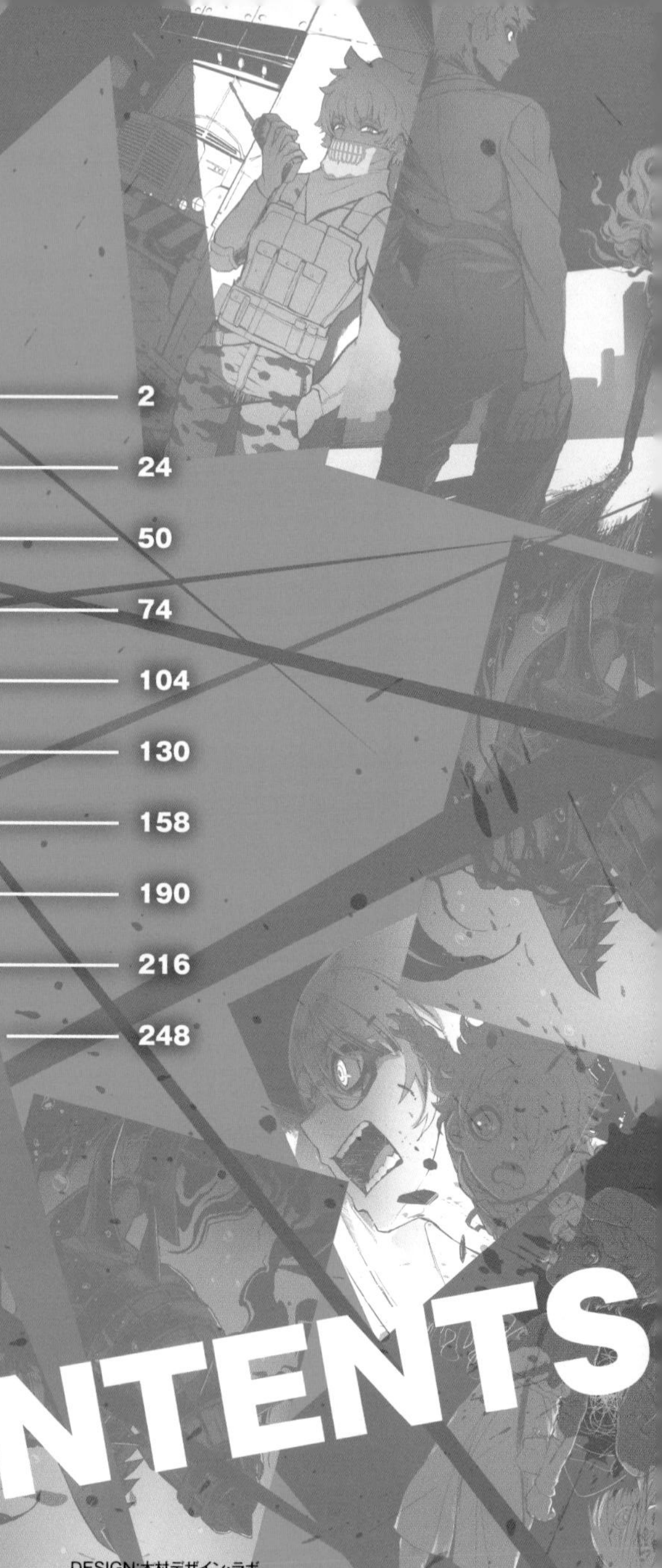

DESIGN:木村デザイン・ラボ

裂け！
穿て！
食い破れ！

〈上〉

シャークロアシリーズ

炬島のパンドラシャーク

第1歯

ゴウゴウ、ゴウゴウと、鈍《にぶ》い響きが空気を震わせていた。

何の音かと特定できるようなものではなく、周囲にある様々な音が絡み合いながら反響した結果として、呻《うめ》き声のような軋《きし》みが空間の中で繰り返されている。

そこは、奇妙な場所だった。

天井に設置されたハロゲンランプの灯《あか》りに照らされるのは、無骨な鉄色の天井と、空間中に渡り廊下のように張り巡らされた太いパイプの数々。

そして、その配管の隙間《すきま》から見える大量の水だ。

水は大きな揺《ゆ》らめきと共に、周囲に潮の匂いを漂わせている。

どうやら海水らしきその大量の水を見るに、この空間の下部に床はなく直接海と繋《つな》がっているのではないかと男は推測した。

実際、周囲の灯りは水の底を照らす事はなく、全てを飲み込むような深い闇が水面に向かって広大な口を広げている。

ただ、空気のある上層部に限定すれば、そこは紛《まぎ》れもなく閉鎖された一つの『部屋』だった。

部屋というには些《いささ》か広大だが、ちょっとした体育館ほどもあるその『部屋』の四方は壁に囲まれており、壁にはいくつかの機械やパネルが設置されているのが散見される。

そんな、工場と水道施設、そして海が入り交じったような奇妙な空間の中――複雑に張り巡らされたパイプの上を、銃で武装した一人の男が歩いていた。


銃を構え、歩を進め、撃《う》つ覚悟を決める。

それを細かく繰り返しながら、一歩一歩慎重に足を運ぶ傭兵《ようへい》風の男。

最新型の銃器を構えてはいるが、その服装は統一された軍服とは程遠いラフな格好《かっこう》であり、薄出のシャツの上に防弾ジャケットやホルスターなどを装着している。

いくつもの修羅場を渡り歩いた屈強な雰囲気を放つ男だが、その顔には脂汗が浮かんでおり、極度の緊張状態にある事が見て取れる。

「……」

息を荒《あら》らげてはいないが、それは落ち着いているわけではなく、自らの呼吸音で周囲の音を遮《さえぎ》らぬように無理矢理抑えつけているだけだ。

自分の気配を最大限に殺しながら、一歩ずつ配管の上を歩く。

部屋の中心をまっすぐ通る配管、遮蔽物《しゃへい》のない場を歩くのは些か不用心に過ぎるようにも思えるが――それは、彼の想定している敵が銃を持った人間などではないという事を示していた。

――くそ、こんな場所を通る事自体避けたかったが……。

彼の視線は、配管や梁《はり》が多く存在している天井ではなく、主に眼下に広がる大量の海水へと向けられている。

――安全にボスの所に戻るには、この道を通るしかない……。

自らが足場としている、三本並んだ太い配管を盾のように見立てながら、慎重に男は歩みを続けた。

銃を構え、歩を進め、撃つ覚悟を決める。

　銃を構え、歩を進め、撃つ覚悟を決める。

　　銃を構え、歩を進め、撃つ覚悟を決める。

細かい作業の繰り返し。

それが永遠に続くのではないかと本人が錯覚し始めた瞬間――

やや離れた場所で、水面の一部が盛り上がり、バシャリと大きな音を立てた。

「！」

銃声が響く。

やや旧型のアサルトライフルだが、正確な銃撃は寸分違《たが》うことなく、音がした部分に弾丸の雨を踊らせる。

そして、緊張したまま数秒待機すると――

巨大な影が、プカリと水面に浮かび上がる。

その影を見た男は、安堵《あんど》の表情を浮かべながら、更に銃弾をその影に叩き込んだ。

「……」

浮かび上がった影が動かなくなった事を確認して、弾倉を交換しながら独《ひと》りごちる。

「は、はは、脅《おど》かしやがって。やっぱり、弾が当たれば死ぬんじゃねえか」

引きつった笑みを浮かべながら、その傭兵風の男が影を眺め――

次の瞬間、凍りつく。

浮かび上がった塊の色が、自分が想定していたものと違ったからだ。

絶命と共に白く変色したその巨体の傍《そば》に、やはり長大な触手が揺らめいている。

「ダイオウイカ……？」

呟《つぶや》きと共に、一瞬だけ浮かび上がっていたその身体《からだ》が海中へと沈んでいくのを見て、男の背筋に寒気が走った。

――今……なんで浮かんだんだ？

死んだ魚が水面に浮く理由の大半は、死後に腐敗が進む事によってガスが発生し、浮き袋の調節機能を無視して浮力が上昇するためである。

とはいえ、そもそもダイオウイカに浮き袋があるのかどうかを男は知らなかったし、気にする暇もなかった。

男は、見てしまったからだ。

沈みゆくそのダイオウイカの巨体——触手を除いても軽く10ｍは超すかというその異常に発達した個体の一部が、巨大な嚙《か》み痕《あと》の形で抉り千切られている姿を。

——ヤツだ。

ダイオウイカの足を除いた胴体部は、大きくとも5ｍ前後がせいぜいだ。

それが10ｍを超すなど、その時点でこのイカの個体も充分に驚異的な存在なのだが、傭兵の男はその事にはさして驚かない。

男が怯《おび》えていたのは巨大イカなどではなく、もっと異常な存在だったのだから。

——ヤツが、あのイカに嚙みついて、海面近くまで引き上げてきたんだ。

——なんの為に？

「まさか、囮《おとり》——」

そう呟きかけたところで、激しい音が室内に響き渡る。

「!?」

グラグラと揺れた感覚を味わい、水面に振り落とされぬよう必死に足を踏ん張らせる傭兵風の男。

音のした方向に男が目を向けると、そこには先刻とは違う光景があった。

自分が歩いてきた三本のパイプが、道の途中から消失している。

「……は？」

思わず、声を上げていた。

一本一本が人間の胴体よりも太いパイプが、三本纏《まと》めて消失している。

具体的にどのような金属なのか、男は知らなかった。

だが、人が上を歩ける程に太い配管パイプが、柔《やわ》な材質でできている筈《はず》はないだろう。

そんな事がつい頭をよぎってしまうほどに、パイプはあっさりと――まるでウエハース菓子のように、巨大な『歯形』を残して破壊されていた。

すると、男が状況を認識するのを待っていたかのように、ギギ、ギギと、鈍い軋みが足元を震わせる。

繋がりを失ったパイプが自重を支えきれず、反対側の接続点から派手に拉《ひしゃ》げながら海面に落下し始めたのだ。

「くっ……！」

男は自らの腰に手をやり、カーボンファイバーのロープを上空に投げる。

先端に鉤《かぎ》のついたそのロープは上空の細いパイプに見事に絡まり、男は両手でそれにぶら下がり、間一髪で水面に落ちることを回避した。

だが――『それ』は、その瞬間こそを待ち望んでいた。

両手でロープに摑《つか》まり、銃器から完全に手を離すその瞬間を。

「ああ、畜生」

自分のミスに気付いた男が苦笑いし、片手に全体重を預けてベルトにぶら下がった銃に手を伸ばした時にはもう遅く――

海面から高く飛び上がった『それ』の巨大な顎《あご》に、その身体を意識ごと飲み込まれた。

広い空間に、静寂《せいじゃく》が満ちる。

後に残されたものは、最初と変わらぬゴウゴウ、ゴウゴウという環境音と、最初とは変わって一部を破壊された配管群。

そして――ロープを強く握り締めたままの傭兵の左腕だけが、空中に虚《むな》しく揺れ続けていた。

一体男は何者なのか。

そして、何が彼を襲ったのか。

この場所は一体いかなる場所なのか――

時は、数日前に遡《さかのぼ》る。

令和××年　東日本某所

夏の日差しの下、情熱的なリズムが海と陸の狭間《はざま》に踊っていた。

フラメンコの音が鳴り響く、海岸沿いのスパニッシュレストラン『メドゥサ』。

海側に張り出した広いテラスの上では、楽団による生演奏が行われていた。

ランチタイムである現在は楽器と手拍子による演奏のみだが、ディナータイムには男女混合の歌い手と踊り手達が加わり、一際《ひときわ》派手なショーとなって周辺の空気を盛り上げる。

工場と港に挟まれたこの店の場合は音に対する苦情が来る事もなく、通りすがりにその響きを聞いた者達が興味を持って訪れる事も多々あった。

フラメンコ以外のスペイン音楽も奏《かな》でられるものの、店の出し物の大半はフラメンコであり、カフェ・カンタンテの一種として周囲の住民に受け取られている。

ランチの演奏が終わった後、楽器を仕舞う楽団の皆にウェイトレスが声を掛ける。

「みんな、お疲れ様！」

制服の裾《すそ》から日に焼けた手足を伸ばすその少女に、楽団の皆が陽気な調子で言葉を返した。

「よう、ベルタ。今晩歌うのに、昼番もやってるのか？」

「ここ最近、お客さんが増えて忙しいからね」

八重樫《やえがし》ベルタ。

彼女はこの店専属の女性歌い手《カンタオーラ》であり、店のオーナーにして料理長である父、アロンソと写真家である母、八重樫涼花《すずか》の間に生まれた女子大生だ。

普段は近場の大学で地質学を専攻しているが、本人は将来はこのまま父親の店で歌い手を続けるつもりでいる。

宣伝のために動画サイトなどに自分の歌を上げるなどしており、そこそこの再生数を稼いではいるものの、店の利益に繋がっているかどうかは彼女にもわからなかった。

だが、歌うこと自体が好きな彼女にとっては、店の利益よりもただ誰かが自分の歌を聴いてくれるだけで充分だと考えている。

あるいは、この店のテラスから臨む海そのものに自分の声を響かせるのが好きなのかもしれないと考えていた。

鍛《きた》え上げられた腹筋と声帯から響くその歌声は多くの観客を魅了し、彼女の歌声を目当てに常連になっている者も多い。

そんな彼女に、楽団の一人が肩を竦《すく》めながら言った。
「ああ、まあなあ。この時期は俺らの演奏よりも、『アレ』を目当てに来る客が多いからな」
「そう拗《す》ねないでよ。あそこから直接来る客も多いんだからさ」
笑いながら、ベルタはテラスの上から海を見て、その遥《はる》か先にあるものに笑いかける。

それは――太平洋上に浮かぶ一つの島。
だが、古い紙の地図には記載されていない。

文字通り、大陸棚から切り放されたかのように海上に浮いている――
東京の一部を海に切り出したかのような、広大な人工浮島だった。

♪

移動型海上研究都市『龍宮《りゅうぐう》』
それは、まさしく現代の龍宮城だった。
科学技術研究や海洋実験を本来の目的として生み出された、人の御業《みわざ》の塊。

その下地となったのは、数十年前に日本の新潟《にいがた》県北西部に作られた越佐大橋《えっさおおはし》と呼ばれる人工島であり――現在は廃棄されたその島のために構築されたシステムを昇華させ、更にいくつもの新技術、新素材などを組み合わせて作られた広大な浮島だ。

台風が発生した時などは事前に進路から避けるかたちで移動する事も可能という点に鑑《かんが》みれば、世界最大の船だと言っても過言ではないかもしれない。

やがて娯楽施設として作られた海上島と物理的に『合併』し、居住区や商業区なども配備されたその在《あ》り方は、既に一つの海上都市であると言えた。

モナコ公国の半分にも満たぬ広さではあるが、そこには常時数万人の住人と観光客がひしめいており、九龍《クーロン》城のような魔窟《まくつ》と化した越佐大橋とは逆に、強固な治安によって護《まも》られている。

事実、数年前の法改正でその人工島は一つの自治区として認められており、市長も存在すれば税務署や警察署、小中高の学校施設なども島内に完備されていた。

元々が研究を目的として作られた人工島だけあって、理系の大学のキャンパスも島内に一つ存在しており、正しく小さな街をそのまま海上に浮かべたかような状態となっている。

水中と水上の差はあれ、夜の闇に煌々《こうこう》と輝くその姿は、まさしく御伽噺《おとぎばなし》や神話に語られる龍宮城を思わせる外観だった。

夏場は台風が来た時を除いては関東に程近い定位置に停泊しており、島外からの客も多く集まっている。

そして今日もまた、本土からやってきた高校生達に海洋生物研究所の職員達が解説を続けていた。

「ダンクルオステウスを代表とする板皮類《ばんぴるい》……鎧《よろい》のように固い皮膚《ひふ》を持った魚類は、デボン紀の海を支配していた魚類の一つだが、現在は化石でしかその姿を見る事ができない」

空中のミストスクリーン上に投影されたホログラム映像として、鎧のような頭部を持つ巨大魚の映像が映し出されている。

それに続き、ダンクルオステウスとは全く違う種の魚が映し出され、研究者は楽しげに解説の言葉を紡《つむ》ぎ続けた。

「さて、そうした過去の王者達に代わり、現在の海を闊歩《かっぽ》している軟骨魚の捕食者……つまりは『サメ』についてだが、これはかつて『最古のサメ』と呼ばれていたクラドセラケの想像図だよ」

「？『かつて』、なんですか？」

首を傾《かし》げる高校生の言葉に、研究者は肩を竦《すく》めながら言った。

「ああ、昔はサメの祖先だと思われていたが、最近は『高速遊泳を目指した結果、サメと似た形に進化した別種の軟骨魚類《なんこつぎょるい》』という見方が強い。今後の研究でまた覆《くつがえ》るかもしれないが、そこは古生物学の先生方に任せる形になるだろうね」

すると、ホログラムの立体映像が更に切り替わり、高校生達にとって映画や漫画、あるいは水族館などで見慣れた姿が現れる。

「さて、少し時代を飛ばして、1億年前に現れたこのクレトキシリナと呼ばれる古代ザメだが、これは体長5mから最大で10m近くに成長する種だ。どうだい？　随分《ずいぶん》と君達がイメージする『サメ』らしくなっただろう？　ホオジロザメによく似ているが遺伝学的には――」

そのまましばらくサメの進化学について解説を続ける研究者だが、生徒達の目はサメのホログラム映像よりも、研究者の方に多く向けられている。

原因は、その研究者の見た目にあった。

その解説を続ける女性研究者の片目はあからさまな義眼であり、眼鏡《めがね》の下から覗《のぞ》く右目には黒い瞳孔《どうこう》の代わりに海賊旗のようなドクロが描かれている。

更に、彼女の右手は義手であり、この時代の技術ならば生身と変わらぬ見た目の義手がつけられるのだが、彼女の右腕はまるでスチームパンクの映画から出てきたような、無骨な鉄錆《てつさび》色の絡繰《からく》り義手だった。

一昔前の映画に出てきたロボットのような手を派手な稼働音と共に動かし、時に手首を360度回転させながら解説を続けるものだから、魚の進化に興味のない学生達は話を聞かずに義手の動きだけを見つめている。

そんな状況で、研究者の女性はピタリとその義手の動きを止め、関節が剝き出しになっている金属の人差し指をピシリと立てながら問い掛けた。

「さて、ここまでで何か質問はあるかい？」

生徒達は互いに顔を見合わせているが、好奇心の強そうな生徒の一人が手をあげた。

「サメって……どのぐらい頭がいいんですか？」

「ああ、気になるよね。昔の映画とかで、脳味噌《みそ》を進化させられたサメを見て育った口かな？」

図星だったのか、照れたようにはにかむ学生。

そんな反応に微笑《ほほえ》みを返しながら、義手と義眼の研究者は右手を空中で動かし、ジェスチャーによって新たな映像を映し出した。

それは、片方は人間の脳味噌によく似た形をしたモデルと、それとは似ても似つかぬ奇妙な形をした臓器だった。

「こちらの人間の脳味噌によく似たのがイルカの脳、そして、この……宇宙生物の幼体みたいなのがサメの脳だよ。どうだい？　同じ脊椎《せきつい》動物の括《くく》りでありながら、哺乳類《ほにゅうるい》とは大分違うだろう？」

研究者は再び義手をクルクルと回し、楽しげに目を細めて言葉を続ける。

「サメの脳は小さい、などと言われる事もあるが、体積と比べた脳の比率は魚類の中では比較的大きい方だ。まあ映画で有名なホオジロザメなんかは体積比が小さい方だが、サメの種類によっては鳥などと同程度の体積比となり、特定の分野によっては猫と同じかそれ以上の知能を持っているという説もある。多くのサメは学習や知能を司る部分はそこまで発達していないが、その分だけ周囲に対する感覚とそれに身体を反応させるための部位は発達しているからね、何をもって『頭がいいか』という定義からして、人間の思い描くそれとは――――」

再び長々と講義を始めかけた研究者だが、すぐに肩を竦め、苦笑しながら言葉を止めた。

「まあ、これ以上は見学会で語るような事じゃないね。退屈させるだけだ。他に聞きたい事はあるかい？」

すると、怖い者知らずといった顔つきの学生が、度胸試しとばかりに声を上げた。

「その右手、どうして機械になってるんですか？」

引率の教師の顔がサッと青ざめるが、研究者は気にした様子もないように笑い、答えた。

「ああ、君達の想像してる通りだよ」

その笑みはどこか遠くに向けられていたが、学生達の中に気付く者はいない。

「食べられたのさ」


♪

「サメの研究者として使うべき単語ではないが……世界的に有名な『人食《ひとく》い鮫《ざめ》』にね」

「お疲れ様でした！　紅矢倉《べにやぐら》先輩！」

気まずい顔をした学生達が帰った後、自分の担当する研究施設に戻ろうとしていた女性研究者の背に声が掛けられた。

義手の女性研究者——紅矢倉雫《しずく》が振り返ると、そこには青い瞳と銀に近いプラチナブロンドの髪が特徴的な、16歳ぐらいの少女の姿が。

「なんだ、ラウラ。見てたのかい？」

「そりゃあもう！　憧れの先輩の講義ですから！」

「あれが講義に見えるとか、天才の癖《くせ》に皮肉は下手《へた》だね」

「皮肉なんかじゃないですし、私は先輩に比べたら天才でもなんでもないですよ！」

若々しい調子で、それこそ先刻までロビーにいた学生達のような調子で言うラウラという少女に、雫は苦笑しながら言った。

「飛び級で大学を卒業するようなのは秀才か天才だし、せっかく入れた一流企業のネブラ社を辞《や》めてこんな僻地《へきち》研究所に来るのは秀才のやる事じゃない。消去法で君は天才だよ、ラウラ」

「あれ、もしかして先輩の中で『天才』って悪口の一種です？」

「さあ？」

からかうように笑いながら、10代でありながらこの研究所の主要研究員であるラウラと共に歩む雫。

彼女はエレベーターの前まで行くと、ラウラの肩に手を置いて言った。

「まあ、ああいう高校生達の相手はいい気分転換になるし……時には初心を思い出させてくれるものさ。ラウラも今度やってみるといいよ」

「私はまだ初心のままですよ！　ここに来てたった一ヶ月ですし」

「その一ヶ月で、随分と成果を出してるじゃあないか」

普段は世界各国から集まっている研究員達と英語で会話をしている雫だが、ラウラはネイティブなのかと思うほどに日本語が堪能《たんのう》なので、彼女とだけはつい母国語で話してしまう。

「そう思うんだったら、そろそろ紅矢倉先輩の研究のお手伝いをさせて下さいよ」

「それはダメ」

肩を竦めながら言う雫に、天才と呼ばれる少女が小学生のように頬《ほお》を膨《ふく》らませる。

「えー……別に研究を盗んだりしないのに……」

「盗めるものなら、盗んでも構わないよ」

笑いながら言うと、雫はそのまま一人でエレベーターに乗り込んだ。

「発表したところで賞賛の声はない。……世間を敵に回すだけの研究だからね」

そのまま深層部に向かったエレベーターのドアを見ながらラウラがしょんぼりしていると、近くの職員用ドリンクサーバーでコーヒーを淹《い》れていた男性研究員が声を掛けた。

「随分と、雫に懐いてるな」

スキンヘッドでガタイのいい男性研究者の言葉に、ラウラはつまらなそうに答える。

「そりゃあ、紅矢倉先輩は私がこの研究所で唯一《ゆいいつ》尊敬してる人ですから」

「こいつは手厳しいな」

自分は尊敬されていないとストレートに言われながらも、苦笑だけを浮かべて聞き流すスキンヘッドの研究者。

50に到達する彼から見れば、紅矢倉もラウラも娘のような年齢だ。

そんな彼から見れば、この研究所の中では浮いてしまう程に若いラウラが、一番年頃の近い紅矢倉になつくのは当然のように見えるのだろう。

紅矢倉もまだ30手前の歳《とし》であり、年の離れた友人や姉妹のような雰囲気を醸《かも》し出していた。

そして、研究者達は知っている。

あの紅矢倉があそこまで軽い調子で話すのも、またラウラだけであるという事を。

（……重ねているのかもしれんな）

スキンヘッドの研究者は、ラウラと紅矢倉の会話を思い出しながらそんな事を考える。

（そういえば、生きていれば同じ年頃か）

すると、ラウラが紅矢倉の去ったエレベーターの方を見ながら言葉を紡いだ。

「先輩は私の事を天才だなんて言ってましたけど、私からすれば、あの人こそ天才ですよ。先輩だって充分に若いのに、もう機密の研究を一つ任されてるだなんて！」

「……」

その言葉を聞き、スキンヘッドの男が暫《しば》し沈黙し、徐に口を開く。

「それは、少し違うな」

「？」

「日本語で言うなら、あいつは天才というより……『鬼才』だな」

「キサイ？」

「人の範疇《はんちゅう》を超えてるって事さ」

「あいつの場合は、能力的な意味でも……倫理的な意味でもな」


♪

最下層研究棟

無数にある研究施設、ひいては人工島『龍宮』全体の中でも、最高クラスのセキュリティが敷かれてる特別研究棟。

無数にある専用設備の中心で、一際異彩を放つ巨大な水槽があった。

異常に透明度が高い液体の中、まるで空中浮遊をしているかのように静かに浮いている『それ』を見て——主任研究員、紅矢倉雫は小さく笑う。

先刻までラウラに浮かべていた苦笑とは違う、とても穏やかな微笑みを。


♪


「あいつもな、あの事件が起こるまではただの天才だった」

「あの事件って……人食い鮫の『ヴォイド』に右腕を食べられた時ですか？」

「そこまでは知ってるんだな。だが、それはあいつが鬼才に変わり果てた後の事だ」

「？」

訝《いぶか》しむラウラに、スキンヘッドの研究者は淡々《たんたん》と続けた。

「雫には、年の離れた弟がいてな。奏《かなで》って名前だったか……」

研究者は少しだけ言い淀《よど》み、「ここまで言っちまったしな……」とぼやきながら、結局最後までラウラに告げる。

「二百人以上食い殺した、人食い鮫『ヴォイド』……」

「その最初の犠牲者が、雫の弟なんだよ」

♪


「……もうすぐだよ」

巨大な円柱型の水槽の中央に浮かぶ『それ』を見て、雫はただ、微笑む。

微笑む。

微笑む——

身体中に無数の管を繋がれ、下顎や体幹の一部が金属製の拘束具のようなもので覆われている——体長10mを超えようかという巨大サメ。

水槽にコツリと額をつけ、雫はやはり穏やかな声で呟いた。

「もうすぐ、あなたに広い世界を見せてあげるからね……」


「————カ、ナ、デ」

第2歯

大王《だいおう》TV制作　ドキュメント番組『バーチャル再現、世界のクライシス！　6』より

「世界の中に浮かび上がった様々な事故や災害。

当時の様子を再現し、何が起こり、人はどのようにそれを克服したのか――バーチャル空間の中でそれを再現して皆様にお届けするこの特番。

六度目となりました今回も、ナビゲータはこのボク、Vチューバー『アメノセイ』が務めさせて頂きます。


さて、今回皆様をご案内するのは、10年前の太平洋。

まだ視聴者の皆様のご記憶にも新しいと思いますが、本日再現する災害は、世界中の海を恐怖の渦《うず》に叩き込んだ未曾有の獣害――『人食い鮫ヴォイド』！

魚類であるサメについて『獣害』と言うべきかどうかは古くより意見が分かれるところですが、敢《あ》えてこの番組では獣害という単語を使いたいと思います。

通常の『サメ』と同等に扱われる事はなく、神獣、魔獣、あるいは怪獣と様々なたとえで呼

ばれる事となった生ける災害。

これまでのサメによる被害の常識の多くを覆し、「海の中に現れた、全てを消し去る穴」という意味から『虚無《ヴォイド》』の名で呼ばれる事になりました。

その名をつけたのは公的機関ではありません、インターネット上のＳＮＳで民間人の噂《うわさ》として広まったものです。

存在が各国の政府機関に確認された時点で既に一般人の認知が進んでいたため、そのまま報道や対策本部でも使われる正式名称となりました。


……そう。

最初『ヴォイド』は噂に過ぎませんでした。

太平洋上を航行中だった客船『イグジットⅡ世』。

10年前。

日本時間７月20日の午後11時。

その瞬間。

世界最大級の豪華客船は、突如として大きな揺れに襲われました。

緊急停船し、原因を究明したところ——船のスクリューが全て破壊されていることが判明し、その後、救助船に曳航《えいこう》されてアメリカに寄港した際、事故調査を行った作業員達は驚くものを目にする事となります。

それは——ズタズタに切り裂かれ、見るも無惨《むざん》な姿となったアルミ青銅製の巨大スクリューでした。

当初は、何か鋼鉄製のワイヤーや漂流物を巻き込んだのではないかとの推測を調査班が発表しましたが、報道の際に損傷したスクリューの写真が掲載されると、インターネット上では一つの噂が囁《ささや》かれる事となったのです。


【あれは、サメの噛み痕《あと》ではないのか】……と。


しかし、鋼鉄ではないとはいえ、通常の青銅よりも硬度が高いアルミ青銅、しかもスクリューとして回転中のそれらを噛み千切るサメの存在など、あまりにも荒唐無稽《こうとうむけい》な噂でした。

故《ゆえ》に、最初の数日はあくまでネット上の都市伝説として、笑いと共に語られる程度。

豪華客船の緊急停止という話も、負傷者がいなかった事もあり、すぐに他のニュースに埋もれて忘れ去られていきました。

次の噂が持ち上がったのは、7月28日。

アメリカ西海岸の沖合で漁業を行っていた漁師達が、マグロのような速度で泳ぐ、推定10mになろうかという巨大な魚影を目撃したというのです。

漁師達の網がいくつも食い破られており、やがてその目撃情報は太平洋を西へ西へと移動し、やがて日本近海に到達しました。

そして、運命の８月１日。

近年もっとも海水浴客が少なくなったと言われる魔の１ヶ月は、この日から始まる事となったのです。

番組では今回、その日からの１ヶ月をバーチャル空間に再現しました。

犠牲者への追悼《ついとう》と共に、二度とあの悲劇を繰り返さないためにも、我々は敢えてあの時期に世界で何が起こっていたのか、どのようにして災害の収束に至ったのかを改めて検証したいと思います。


【人食い鮫、ヴォイド】


海水浴客や漁師、軍人に至るまで。

最終的に二百四十八人もの人々の命を奪った、海中に蠢く巨大なヴォイド《虚無》。

たった一匹のサメが、それほど多くの人命を奪う……これを皆さんは、荒唐無稽《こうとうむけい》な事だと思うでしょうか？　あるいは、人食い鮫を題材とした映画などを見慣れていると、普通の事だと考えるかもしれません。

元々、サメに人食いというイメージが根付いたのは映画が原因と言われています。

かの名作、『ジョーズ』が世界的なヒットを収めた時は、各地の海でホオジロザメを筆頭としたサメが人に害する魚として狩られ、個体数を大幅に減らす事になったとも言われていますが――実際のところ、サメに殺される人の数はどのぐらいだと思いますか？

海中から見た姿がサメの主食のアザラシに似ている、などの理由で、サーファーや遊泳者がエサと間違われて噛まれてしまった結果命を落とす事は時折ありますが、それでも年に平均10件ほどです。

これを「年に十人も」と思うかもしれません。実際、その数件を消す事ができればそれが一番良いのでしょう。

ですが、象は年に百人、カバは年に五百人、野犬は二万五千人。蛇にいたっては年間五万人もの人命を奪っています。

それらに比べれば、サメが特別人を殺す存在というわけではありません。

故に、『ヴォイド』だけを見て、サメは危険な生物だ、絶滅させなければ……などと思うのは間違いです。『ヴォイド』は通常のサメと比べて様々な特異点を持っており、もはやサメから突然変異した別の何かであるという声も多く聞かれます。

例えば、単体による人間の犠牲者の数でいえば、ブルンジ共和国にいる『ギュスターヴ』と呼ばれるナイルワニは、生涯で三百人以上の人間を喰らい、いまだ犠牲者の数は増え続けているという説すらありますが――それより犠牲者の数では下回る『ヴォイド』が災害と呼ばれた所以《ゆえん》は、その期間にあります。

『ヴォイド』の存在が噂ではなく、公的に確認された8月1日からの3ヶ月。

たった100日足らずの間で、ヴォイドは二百四十八人もの人間を殺害したのです。

その最初の犠牲者は――まだ10代の少年。

紅矢倉奏君、当時15歳の中学生。

後にヴォイドと壮絶な戦いを繰り広げる事となる、人類側のキーパーソン――

若き生物工学者である、紅矢倉雫博士の弟でした』

♪

移動型海上研究都市『龍宮』中央行政区画

巨大な浮島である『龍宮』において、地理的かつ政治的な中心であるといえる行政区画。

人口は流石《さすが》に五万人に満たぬものの、様々な政治的事情から名目上は龍宮『市』として区分されており、形式としては東京都の管理下にある一つの独立した特殊な自治体として認識されていた。

最新式の設備に、ゴミ一つ落ちていない道路。

壁そのものが光を放つ事で街灯すらほとんど必要としない未来的な街並みを歩きながら、一人の男が声を上げた。

「この島に住んでる人達は、その……酔わないんですかね？」

気弱そうな表情の青年。

彼の言葉に対して、前を歩いていた背広姿の中年男性が、ハンカチで汗を拭きながら答えた。

「いやあ、馴《な》れですよ、馴れ。風速20ｍぐらいまでならほとんど揺れんようになってますしな。最初は吐いてた人達も、３日もすれば治まります」

「はあ……」

「ええと……山田《やまだ》さんでしたっけ？　こちらは初めてですか？」

人工島の住民と思《おぼ》しき男に、山田と呼ばれた男は愛想笑いを浮かべて頷く。

「ええ、まあ……しかし、こんなに巨大な島が浮かんでるなんて、不思議な感じですね」

「越佐大橋のアレとは違って、完全に海に浮かんでる形ですからなあ。怖い者知らずの物好きしか住まないと思っていたんですが、どうしてどうして、住民を募集したその日の内に、一次募集の四戸が埋まって抽選になったわけですから」

「一時期のタワーマンションブームみたいな感じですねえ」

「親族に戸籍を移させて別荘地として買おうとしたり、税金や事業の関係で戸籍だけここに登録したかった金持ちなんかが多かったみたいですよ。流石に、この島から毎日船で都心まで通勤……というわけにはいきませんからなあ」

50過ぎという年頃の男は、ハハ、と笑いながら青年を先導する。

「まあ、ここ数年はリモート化が一気に進みましたからねえ」

山田は適当な相槌《あいづち》を打ちつつ、おっかなびっくりといった様子で街並みを観察していた。

そして、不意に青年は先行する男に問い掛ける。

「ところで……その、市長はどういった方なのでしょう？」

「ああ、テレビなどで見たままの方ですよ。強気な発言も厳しい態度もカメラの前でのパフォーマンスなんかじゃありませんからね。ネットじゃ『海賊船長』だの『女帝』だの『マフィアのボスっぽい』だの言われてますが……ハハ、なかなかどうして、的確な渾名《あだな》だと思いますよ。まあ、外見と言動はアレですが、実際は優しい人ですよ？　……たぶん」

最後だけ小声になる中年男性の後に続き、青年は目の前に現れた純白なビルを見上げた。

「ここが……庁舎ですか」

「ええ、島の丁度中心ですな。同時に、五十三階建てで島の中で一番高い建造物でもあります。三階より上が催事ホール、地下は水族館。上層部はホテルと展望台で、市役所の設備や島全体のコントロールルーム、会議室は中層階になります。市長室は十階ですから、そちらまでご案内します」

どうやら市役所の職員らしき中年の男は、島への来訪者である青年をそのまま内部へと通していく。

エントランスを潜《くぐ》る直前、青年は横目に見えた窓のない奇妙な建物について尋ねた。

「……あれは？」

「ああ、あそこは……この島の基礎の一つ、国際海上研究所ですよ。あの研究所から生まれたいくつもの成果が世界に貢献した結果、各国から支援を受ける事ができましたからね。科学者様に感謝ってやつですな、ハハ」

汗を拭きながらそんな事を言う中年男性の後に続き、エレベーターへと向かう青年。

「へえ、じゃあ、あそこにいるんですか？　博士」

「博士？」

「ほら、紅矢倉博士でしたっけ？　あの『ヴォイド』を殺した英雄ですよ」

「ああ！　まあ、時々島に来た学生さん達の相手をしてるなんて聞いた事はありますが、ほとんどあの研究所の外には出ないらしいですからねえ。私もここに来て長いですが、一度か二度しか見た事ないんですよねえ。ああ、ほら、あの飛び級の天才の子はよく見かけますよ。名前は……なんだったかな」

名前を思い出せずに悩む中年に、青年が独り言のように言った。

「ラウラ・ヴェステルホルム」

「そう、それ！　お詳しいですな」

「はは、一応は科学系企業の人間ですからね」

「ああ、そうそう。流石は『ネブラ』に所属する学芸員さんですな」

ネブラというのは、世界的に有名な複合企業《コングロマリット》であり、この島の研究施設にも多額の出資を行っている有力スポンサーの一つである。

そこに所属する学芸員が市長に面会を求めて訪れた。

これは島にとっても無視できぬ事実であり、多忙である市長自らが突然のアポでも会うというのは、それだけ『ネブラ』が龍宮市に強い影響力を持っている事を意味している。

「市長はあと2時間程で戻られますので、それまで、地下の水族館や展望台でもご案内しましょうか？」

「ああ、いえ、本社とも連絡を取って打ち合わせないといけませんので、適当に食堂などで待たせて頂きますよ」

そう言って案内を断った後、スポンサーサイドという立場にありながら不安げな顔をしている青年は、自分のみぞおちをさすりながら呟いた。

「さて、鬼が出るか蛇が出るか……かの女帝殿に会うとなると、胃が痛くなりますね……」

それに対し、中年の市役所職員は、わずかに目を逸《そ》らしながら愛想笑いを浮かべた。

「はは、酔いと同じです」

「馴れですよ、馴れ」


♪

同時刻　東日本某所　海岸沿いのレストラン

「……んー、降りそうだね」

昼過ぎだというのに暗い空模様を見ながら、八重樫ベルタが呟いた。

『スパニッシュレストラン・メドゥサ』の看板の横にある立てかけ黒板のメニューのいくつかに『品切れ』の文字を書き込みつつ、「夕刻のコンサートは屋内かな」などと考える。

神話の怪物であるメデューサではなく、スペイン語でクラゲを意味する単語を店名としているベルタの店だが――世間の好景気不景気にかかわらず、ただユラユラと海に漂うように無難な経営を続けているその姿勢にはピッタリの名前であると周囲に評されていた。

オーナーであるベルタの父親もその評価を気に入っていて、必要以上に店を大きくする事もせず、さりとて過分に縮《ちぢ》こまる事もせず、今日もゆらゆら料理の山と向かい合っている。

「あ、降ってきた」

メニューボードへの記載を終え、店の中に戻ろうとしたベルタは、頭にポツリと雨粒が落ちるのを感じて小さく肩を落とした。

——これは……今日の午後は閑古鳥《かんこどり》かなー。

背後から急速に強くなりつつある雨音を聞き、心の中だけでぼやくベルタ。

彼女は店の経営というより、客が一人も来なかった場合に歌う機会自体がなくなるという事を心配していた。

だが、彼女は店の中を見て、取りあえずは安堵の息を吐く。

——昼のうちに、これだけお客さん入ってて良かった。

ベルタの視線の先には、三十近くある客席が、ほぼ全て埋まった店内の様子がある。

昼に突発的に団体客が入り、おかげでいくつかの食材が切れてしまったものの、これだけで二日分の売り上げにはなろうかという勢いだった。

様々な人種が入り乱れ、アロハシャツやジャージ姿に交じって迷彩服のようなものを着ている者もおり、どこか物々しい雰囲気を持った集団。

だが、『人工島』の影響で元より様々な客層を見かける地域という事もあり、店員達は特段気にせず、普段通りに接客している。

本当にチンピラの集団などであれば困っていたところだが、個々の癖は強そうではあるものの、大勢で騒ぎ立てたり店に因縁《いんねん》をつけてきたりするような事はなく、とりとめもない話をしながら食事を続けているだけだった。

男女比では男が多い集団だったが、ベルタの目を引いたのは一番奥の席に座る寡黙《かもく》な女性であり、半袖の先から覗く筋肉質な腕にはいくつもの傷《きず》や銃創《じゅうそう》が刻まれている。

自分とは違う世界を生きる者なのだろうが、ベルタはその女性にどこか映画の登場人物を見るような不思議な感覚を覚えていた。

すると、その女性は左腕につけた頑丈そうな腕時計を見て、おもむろに立ち上がる。

「……時間だ《Det är dags》」

すると、彼女の言葉に合わせて、他の面子《メンツ》が一瞬で口を閉ざし、ぞろぞろとその後に続いた。

やはり彼女がこの集団の取り纏め役なのだろう。

まだ若そうに見えるが、自分とは明らかに違う男女の垣根を越えた強さを感じさせるその女性を見て、ベルタは思わず息を漏らす。

――ああいうカッコイイ人に、私の歌、聞いてもらいたかったなあ。

店を出る女性を遠目に見ながら、客が去った後の片付けを手伝っていたベルタだが――不意に、店の入口の方から声が掛けられた。

「姉ちゃん！　それじゃ、行ってくるよ！」

筋肉質な女性とすれ違う形で店内に顔を覗かせたのは、ベルタと似た雰囲気の小柄な少年。

「フリオ、もう準備できたの？　忘れ物ない？」

「うん！」

少年の名は八重樫フリオ。

ベルタとは８歳違いの弟であり、現在は夏休みの真っ最中だ。

「いい？　先生の言うことをよく聞くんだよ？　スマホは持っていっていいけど、勝手に課金とかしちゃダメだからね？　夜、寝る前に一度私か父さんに電話してよ？」

店の入口まで行って、念を押すように言うベルタに、フリオはやや拗ねながら答える。

「分かってるよう！　っていうか、ここから見えるのに心配性だなぁ」

「あのね、いくら見えるったって、船を使わないといけないんだから大変でしょ？　それに、夜は晴れるって言ってたけど、これから夕立が強くなりそうだから、船の甲板とかに出たらダメだよ？　それで海に落ちる子も毎年一人か二人いるんだからね？」

「はあい」

渋々ながらも素直に説教を受け入れたフリオは、厨房の奥にも声を掛ける。

「それじゃお父さん！　行ってくるよ！」

「おう、気をつけてな」

厨房から飛ぶ父親の声を聞き、傘を開きながら駆《か》けていくフリオ。

そんな弟の姿を店の軒先で見送っていると――不意に、横から声を掛けられた。

「あなたの弟」

「え？　あっ……！」

ベルタの横には、いつの間にか先刻の集団客の纏め役の女性が立っている。

駐車場では、彼女の仲間達が何台もの車に分乗してエンジンを噴かし始めていた。

彼女は感情を一切表に出さぬような顔でベルタを見つめていた。

「あなたの弟……あの、人工島に？」

海外から来たのか、やや不自然なイントネーションで尋ねる筋肉質な女性に、ベルタは特に疑問も持たずに答えた。

「は、はい！　今日明日、学校が主催する泊まりがけのイベントなんです！　夜、島の上層部の灯りを一時的に消して、流星群を見るとかなんとか……」

「……」

すると、一瞬だけ目を伏せた後、感情のない顔のままで、ベルタに一言だけ告げる。

「雨に、降られないといいな」

「？　ええ、ありがとうございます！　夜には晴れるそうですから！」

既に雨が降り始めているのに妙な物言いだとは思ったが、流星群を見る時間の事だろうと判断したベルタは、笑顔を浮かべて御辞儀をした。

「……」

それを見た女性はベルタに背を向け、軽く手を上げながらその場を去る。

「ビックリしたぁ。でも、やっぱり近くで見てもかっこいい人だったなあ」

ベルタがそんな事を呟きながら店内に戻ると、カウンター席の横にあるラジオから物騒なニュースが流れているところだった。

『――続いてのニュースです。昨日芝浦《しばうら》埠頭で発見された遺体は損傷が激しく、いまだに身元は分かっていません。その傷痕から、海中でサメか何かに襲われたのではないかとの見方もあり、事件事故両方の面から捜査を――』


♪

車内

「……出せ」

「へいへい、イルヴァの姐御《あねご》の仰せのままに」

助手席に座った筋肉質な女性――イルヴァの言葉に軽口を返しつつ、運転席に座る痩《や》せた男がアクセルを踏み込みながらラジオをつけた。

『――その傷痕から、海中でサメか何かに襲われたのではないかとの見方もあり、事件事故両方の面から捜査を――』

奇しくもそれは、レストランの中で流れていたのと同じ内容のニュースだった。

それを聞きながら、後部座席の面々が楽しげに言った。

「おいおい、これ、アレだろ？　昨日殺した奴《やつ》」

「……だから言ったろ？　この時期は海に捨ててもすぐに打ち上げられるってよ」

「まあいいさ。サメの仕業になるなんて、これからの仕事を考えりゃ縁起がいいだろ？」

「ハっ！　違いねぇ！」

クツクツと笑う後部座席の面子を特に咎《とが》めるでも一緒に笑うでもなく、イルヴァは無表情に空模様を見つめていた。

「そういや、珍しいっすね姐御。さっきの店の女と、何話してたんすか？」

髑髏《どくろ》の下顎《したあご》をモチーフにしたバンダナを巻いた運転手の問いに対し、イルヴァは視線を向けぬまま答えた。

「最後にすれ違った子供が、丁度島に向かうそうだ」

抑揚のない声で言ったイルヴァに、痩せた男は肩を竦めながら声を高く張り上げる。

「ああ！　ああ！　そりゃあまあ、なるほど！　そりゃまあなるほどなるほどねえ！　あの小僧も随分と運が悪い！　可哀想に！」

言葉とは裏腹に、楽しそうに口元を歪《ゆが》めながら痩せた男は更にアクセルを踏み込んだ。

「……まだ、運命が決まったわけではない」

「ええ、ええそうでしょうともそうでしょうとも！　いやあ、降られないといいっすけどねえ」

無表情なイルヴァに変わり、楽しげな感情を顔面に踊らせながら、運転手は皮肉げに言葉の続きを口にする。

「俺らが降らせる、血の雨に」


♪

二時間後　移動型海上研究都市『龍宮』市長室

「龍宮市長を務めさせて頂いている、富士桜《ふじざくら》です」

そう挨拶《あいさつ》するのは、吐き出す言葉の内容こそ丁寧だったが、声に強い圧力を感じさせる女性だった。

「ウィルソン山田です、本日はお忙しい中の時間を割《さ》いて頂き、ありがとうございます」

山田と名乗った男はそう挨拶した後、市長から手渡された名刺に視線を落とす。

富士桜龍華《りゅうか》。

34歳という話だが、見た目だけで言うならば、20代半ばと言っても通るだろう。

ドレスを思わせる凝ったデザインのジャケットに、下はシックな印象の黒いスキニーパンツをはいており、市長というよりは映画などに出てくる凄腕のボディーガードといった装《よそお》いだ。

凛《りん》とした佇《たたず》まいと整った顔立ちの中で、目力のある双眸《そうぼう》が爛々《らんらん》と輝いている。

元々は偵察用ドローンの開発を担《にな》い、海外で大きな成功を収めた富士桜工業のCEOであり、その財力でこの人工島の黎明《れいめい》期より多額の支援を続け、結果として30代前半という若さで市長の地位を手に入れた実業家だ。

だが『金だけで政治の地位を買った』と影口を叩《たた》く者は少ない。皆無ではないが、実際にそう思っている者は相当な盆暗《ぼんくら》として周りから認識されている。

彼女の本質は資金面ではなく、独自のコネクションを用いた各企業、各研究施設の誘致と、ロビー活動による法改正など、わずか数年の間で浮島の研究施設を『移動する都市』に仕立て上げたその才覚にある。

実際、背はそう高いわけでもないのに、名刺から目を上げた青年は、目の前の女性が自分よりも遥かに大きな存在のように感じられた。

彼女の目はこちらを見透《みす》かすというよりも、今にも噛みついてきそうな程に鋭く光っており、まるで二匹の龍が顎を開いてこちらを飲み込もうとしているようにすら思える。

——美人だ。なのに恐ろしい。

青年は思わず己の手の平に汗が滲《にじ》むのを感じていた。

——なるほど。これは確かに女帝……というよりも、海賊船の船長や、マフィアのボスだ。

一説によると、龍華はこの島の経済が発展しかけてきた時期、その利権に食い込もうとした反社会組織を、公権力とマスコミを利用して黙らせたのだという。

そして、報復を目論《もくろ》んだいくつかの組織を、島の利権に手を出してこなかった反社会的組織と手を組んで潰《つぶ》したとも。

——都市伝説かと思っていたけれど、これは本当かもしれない。

そう思わせるだけの雰囲気を、富士桜龍華という市長は持ち合わせていた。

「なるほど、噂に聞いた通りの御方のようです。『龍宮は龍華の宮殿という意味』とネットで噂されるのも分かります」

「好きに受け取って頂いて結構です。ここは確かに私にとっての宮殿であると同時に、全ての市民と研究者にとっての城砦《じょうさい》でもありますから」

「ええ、研究者にとっては天国でしょうね。各国の意向や世間的な倫理観に左右される事なく、自分達の想うままに研究を進められるのですから」

「ネブラの人間に言われても、皮肉にしか聞こえないね」

ネブラもまた、国家や世間のしがらみといった鎖《くさり》をある程度外す事のできる巨大な力を持った企業であり、時には非合法な実験などを行っており、吸血鬼や不死者の存在を隠匿《いんとく》しているなどというトンチキな噂も流れる程だ。

龍華は苦笑した後、そのネブラの学芸員だという男に目をギラつかせて問い掛ける。

「それで？　本日は如何《いか》なる御用件でしょう？　ネブラが直接学芸員を派遣してくるというのは、何か重要な議題があると思うのですが、事前の通達では『内部調査』としかありませんでしたのでね」

「ええ、通信記録にはあまり残したくない事柄ですので、こうして直接お会いするかたちになってしまって申し訳ありません」

頭を下げた後、青年はストレートに要件を切り出した。

「ヴォイドの遺産があるのかどうか、調べさせて頂きたい」

「……」

刹那《せつな》、市長の目が鋭く細まる。

傍にいた市長の秘書官達も、平静を装おうとしているが、僅かに視線を泳がせ始めていた。

「……それは、ヴォイドの死体、という事かな？　だったら、確かに遺伝子解析のためにほんの一部は研究所に保管してあるが、大半はアメリカとカナダ、ロシア、インドネシア、中国、日本に分割されて回収された。ネブラもアメリカが回収した分の一部の解析を請け負っているはずですが？」

まだ笑顔を崩さず、窺《うかが》うように青年に問い掛ける市長。

「ええ、仰る通りです。まあ、被害者遺族の感情への配慮もあり、研究用として保存されている『ヴォイド』の死骸《しがい》の情報公開はなされておりませんがね」

「でしたら……」

市長の言葉を遮り、青年が言う。

「ですが、あると聞いています」

「何がでしょう？」

「先ほど言った通り、ヴォイドの『遺産』、ですよ。死体ではなく」

市長の目が更に細まる。

こちらを試しているかのような視線に耐えつつ、青年が言葉を続ける。

「一部のサメは、胎内で卵を孵《かえ》し、哺乳類のように育てる。それは御存知ですね」

「ええ。ホオジロザメのような卵胎生《らんたいせい》のものや、哺乳類のような胎盤やへその尾まで形成するオオメジロザメまで様々です」

不敵な笑みを浮かべたまま、サメの繁殖《はんしょく》について諳《そら》んじる市長。

そんな彼女の様子を見て何かを確信したように、青年は言った。

「……回収した肉片の遺伝子や酵素の解析を進めた結果、紅矢倉博士達の手で『駆除』された当時……ヴォイドが妊娠していた可能性が示唆《しさ》されています」

「なるほど、それで?」

「メスだったとして、ヴォイドの『つがい』が存在するのかどうか。多くの研究機関はそこを気にしていました。親が半分爆散した時点で、子も死んでいると判断したのでしょう。ですが、我々の見解は少し違うのです、富士桜市長」

市長は執務机の前に立ち、青年を挑発するように言った。

「その子供が生きていると? だとしたら、さぞ人間を恨んでいることでしょうね。母親の敵を討つために人間を襲われてはたまらない。もしもこの海のどこかにいるというのなら……一刻も早く見つけて頂きたいですね。微力ながら、調査船のために当市の港を貸すぐらいは協力しましょう」

「いえいえ、それには及びません」

首を振った後、青年は威圧感のある市長を前にして、丹田《たんでん》に力を籠《こ》めながら決定的な一言を口にした。

「我々は、成熟途中にあるその『ヴォイドの子』がこの研究都市で飼育されていると予想しています」

「……」

不敵な笑顔のまま沈黙する市長に、青年は頬に汗を垂らしながら己の要求を突きつけた。

「私達ネブラは、それが適切に管理されているのか否《いな》か……それを監察させて頂きたいだけなのですよ、富士桜市長」

第3歯

10年前　8月1日　北半球のとある島

「奏、あまり遠くに行ったらダメだよー？」

若い女性の声が、穏やかな波の浜辺に響き渡った。

波の音に交じり、まだ幼さの残る少年の声。

「大丈夫だよ、姉さん！　こんな何もない島で迷わないって！」

「あんまり遠くに行って、海に落ちたりしたら危ないよ？」

呆《あき》れたように言う女性——紅矢倉雫は、弟である奏の後をゆっくりと追う。

20歳前後という若さにもかかわらず、専攻する科学分野で既に高い評価を受けている雫。

彼女が開発したとある技術は、その分野の内外に関わらず『先進的だ』『いや、邪道だ』と賛否を呼ぶ。倫理的な問題も含めて様々な賞賛と批判、あるいは若くして成功した人間に向けられる単なる誹謗《ひぼう》中傷の嵐に晒《さら》されながらも、彼女は飄々《ひょうひょう》と自分の研究を続けていた。

批判の声の合間に時折現れる物好きな賛同者と接触し、研究資金を調達しては淡々と研究を進めていく。そんな姿に、世間の人間は雫を普通の人間というよりも、ある種の仙人のように浮世離れした一人の『天才』として扱い続ける。

だが、そんな彼女も、まだ10代半ばである弟の前では、年の離れた姉――つまりは一人の家族愛を持つ人間であった。

あるいは、両親が早くに他界している雫にとっては、唯一の家族となった奏こそが心を休める事ができる唯一のヤドリギだったのかもしれない。

「良かったの？　姉さん。俺までこんな所についてきちゃって」

「なに？　一丁前にそんな事気にしてるの？」

「だって、仕事で来てるんでしょ？　俺なんかがいて邪魔にならない？」

「大丈夫だって。この島に来たのは定期的な生体調査だって言ったでしょ？　回収したサンプルのデータを研究施設から大学に送れば、あとは自由。実質的に、骨休めみたいなものだしね」

明るく笑う姉の姿に、弟である少年はどこかホッとしたように微笑みながら歩を進める。

「でもさ、姉さんが元気そうで良かった」

「え？」

飛び級で海外の大学に留学し、家にいる事が昔から少なかった雫に対し、弟である奏はどこか他人行儀なところがあったが――姉が今だけは人間らしい顔をしているように、この瞬間の少年の表情もまた、家族を前にした近しい者に対するものへと変化していた。

「姉さんってさ、ほら、周りに色々言われても気にしないじゃん？　全然堪《こた》えないもんだから、いつか業を煮やした誰かに刺されたりするんじゃないかって思ってた」

「物騒な想像しないでよ」

「姉さんには友達とか恋人とかいないだろうし、一人でいる時とか、ほんとに気を付けなきゃだめだよ?」

まるで保護者のような事を言う童顔の弟に、雫は苦笑しつつ言葉を返す。

「大丈夫大丈夫。奏を残して死んだりしないよ」

穏やかな表情でそう言ったところで、雫の鞄《かばん》の中の携帯が鳴る。

「はい、もしもし……ああ、これから観測結果を回収……え?」

そこで、僅かに顔を曇らせる。

「姉さん?」

不安げに姉を見つめる奏に、雫は携帯電話を切った後、やや強張《こわば》った笑顔で答えた。

「ごめんね、奏。ちょっと、研究施設の方でトラブルがあったみたい」

「なにがあったの?」

「うん、なんだか、停《と》めてあった調査船がなくなってるって……」

雫が所属する大学が所有する、小型の調査船。

研究施設に隣接する桟橋《さんばし》に停泊させていたその船が、いつの間にか消えてしまっていたのだという。

「えっ？　船が盗まれたってこと？」

「んー、どうかな。係留ロープが千切れた跡があったっていうから、錨《アンカー》を下ろし損ねて風で流されたのかも……」

そんな会話を続けながら、二人は浜辺から海に目を向ける。

遠く離れた所に見える桟橋には、数人の釣り人が静かに波間へ糸を垂らす姿があった。

「結構、釣りしてる人いるんだね」

「あー、研究所の人も交じってると思うよ。息抜きになるからね」

「ふーん……」

興味深げに釣り人達を見る奏を見て、雫が問う。

「奏も後でやってみる？」

「うーん……楽しいのかな？」

「やった人に聞いたら、凄く楽しいって言ってたよ」

調査用の捕獲ならともかく、雫も竿《さお》を使用した釣りの経験はないのだが、同僚達から聞きかじった言葉をいくつか思い出しながら語り始めた。

「ああして見てると変化がないように見えるけど、じっと待ってる間っていうのも楽しいんだって。なんていうのかな。待った分だけ釣れた時には達成感で満たされて、脳が刺激されるみたい。それに……自分で釣り上げた獲物をすぐに食べると、味も格別だって」

「へー、ちょっとやってみたいかも……」

「うんうん、奏なら、きっと大物を釣れるよ」

「なんだよ、それ」

根拠のない事を言う姉の言葉に呆れつつも、弟は少し嬉しそうにはにかむ。

だが、歩きながらあるものを見かけ、奏は笑みを消して声を上げた。

「あ、姉さん。アレじゃないの？」

奏が指差す先を見て、雫も『それ』に気付く。

「船……ああ、間違いない」

雫は、それが自分が過去に何度か乗った事のある調査船だと確信した。

浜辺の岩場に寄り添う形で停まっていたその船は、少し傾きながら波飛沫を受けている。

「やっぱり、錨《アンカー》を下ろし忘れてたのかな？」

船泥棒などだった場合、こんな場所に乗り上げさせる理由はないだろう。

もしかしたら、長年使用している船なので、係留用のロープも脆《もろ》くなっていたのかもしれない。

そんな事を考えていると、一足先に駆け出していた奏が、近くの岩場から直接船の上に乗り込もうとしている姿が見えた。

「ちょっと！　危ないよ！　奏！」

可能性は薄いとはいえ、仮に船泥棒だった場合、犯人が中にいる可能性もある。

慌《あわ》てた雫が駆け寄ろうとするが、日頃運動していない彼女にとって、岩場を登るのは一苦労であり、なかなか船の傍まで辿《たど》り着けなかった。

「大丈夫だよ、姉さん。誰もいないみたい！」

小型船の前部甲板《フォア・デッキ》を踏みしめながら、奏は操舵《そうだ》室などを覗き込む。

その言葉を聞き胸をなで下ろす雫は、岩場のなだらかな部分まで行くと、研究施設に連絡を入れようとして携帯を取り出した。

「座礁《ざしょう》してるのかな。船が痛んでなければいいけど……」

「大丈夫だよ、ほら、全然平気！」

デッキを囲む手すり柵《バウ・レイル》を摑んで飛び跳ね、中学生にしては些《いささ》か子供っぽくはしゃぐ奏。

「危ないからやめなさい！　落ちても知らないからね！」

そんな弟の笑顔を見て、注意をしつつもつい温かな笑顔を浮かべる雫だったが――

結果として、それが雫が見た奏の最後の笑顔となった。


♪

島の桟橋の上で、釣り人の一人が声を上げる。

「おっと！　来た来た来た！　アタリが来た！」

己の釣り竿が強くしなるのを感じ、慌てて糸を引き寄せる釣り人だったが――

彼は知らなかった。

それとほぼ同時に、少し離れた場所《海の中》でも『アタリ』を引いた者がいるという事を。


♪


ドン、と、軽い衝撃が船全体を包み込み、奏が甲板の上でよろめいた。

「え……？」

戸惑う少年は何が起こったのか分かっていなかったが、少し離れた岩礁《がんしょう》の上にいた雫は、異変に気付いて思わず携帯を取り落とす。

「奏……!?」

携帯が岩にぶつかり乾いた音を鳴らすが、それは船の方から響く何かが軋むような音に掻き消された。

一瞬前まで岩場に隣接していたはずの小型船が、ゆっくりと沖《おき》に向かって離れていく。

それまで海岸線に対して並行に停まっていた船が、沖へと向き直りながら緩やかに動きを加速させ始めた。

「え、な、なんで!?」

手すりにしがみつきながら、奏が目を白黒させる。

船の先に付けられた揚錨機《ようびょうき》の先にあるはずの錨《アンカー》はなく、太い鎖が海中に向かって真っ直ぐに伸びている。

船から聞こえる軋み音は、海中から『何か』が強い力で船を引き、錨《アンカー》の鎖の根元に衝撃が走った事によって生じたものだ。

それを理解した雫は、顔面を蒼白《そうはく》にしながら船へ向かおうと岩場を駆け出す。

だが、やはり馴れぬ足取りでは思うように進む事ができず、やっと岩場の先端まで辿り着いた時には、既に飛び移る事ができぬ程に船は離れてしまっていた。

「ああ、嘘！　駄目、駄目だめダメ、奏、奏、カナデ！」

頭が真っ白になった雫は、このまま弟がどこかに連れ去られてしまうのではないかと思い、その名を叫ぶ。

すると――

20m程離れた所で船は加速を緩め、30mと離れぬ内に動きを止めたではないか。

「ああ！　良かった！　奏、そこを動いちゃ駄目だからね！　今、助けるから……！」

携帯を落とした事に今さら気付き、進んできた岩場を振り返る雫。

少し戻った場所に己の携帯が落ちている事に気付いた彼女は、助けを呼ぶべくそれを取りに岩場を進み、ようやくそれを拾い上げた。

そして、彼女が再び船の方を振り返った瞬間——


弟の小柄な身体が、宙を舞っていた。


「……え?」

呆《ほう》けた声を出す雫。

彼女の中で時間が止まり、全ての音が置き去りになる。

だが、それは所詮《しょせん》一瞬の錯覚に過ぎず、時間は容赦《ようしゃ》なく流れ続けた。

巨大な『何か』に海中から突き上げられた小型漁船。

その衝撃が甲板まで突き抜けた結果、船が停まった事に安堵して手すりから手を離してしまった少年の身体は、まるで真下から車に撥《は》ねられたかのように舞い上がり——


「姉さ——」

呆けたまま動けぬ姉に向かって、何かを乞うような表情で手を伸ばしていた。


「あ……カナデ……」

突然の事に足が浮かず、それでも、雫は手を伸ばす。

僅《わず》か30ｍ先でありながら、決して届くはずのない手を。

次の瞬間。

彼女の弟は、一瞬にして彼女の視界から消え去った。

その細い身体が海に落ちるよりも早く、海中から現れた巨大な怪物の顎の中へと。


「――――――」


声を、出す事ができなかった。

手を伸ばしたまま固まった雫の視線の先で、今しがた『食事』を終えて水中へと潜ったその怪物が、再び海面にその姿を露《あら》わにする。

最初に見えたのは、巨大な背びれ。

ひと目見るだけで、多くの者が『サメだ』と理解する典型的なフォルム。

異様だったのはその背びれの大きさであり、もしも詳しい者が見れば、通常のホホジロザメなどと比べても二回りほど巨大だという感想を抱くだろう。

更にもう一つ、通常のサメと比べて歯が異様に発達していたという特徴もあったのだが――

この瞬間の雫は、そうした事を冷静に考えられる状態ではなかった。

数瞬遅れて、転覆した小型船に乗り上げるような形で上半身を現した怪物の姿を見て、ようやくそれが常識外れな大きさのサメであると理解する。

「……嘘」

同時に、状況の変化についていけなかった雫の脳が、じわり、じわりと染み込むように現実を理解し始める。

弟が。

唯一の家族である弟が、つい先刻まで笑い、共に浜辺を歩んでいた弟が、サメに食われたのだという事実を。

「嘘……」

果たしてそれは偶然か、それとも場合によっては嗅覚《きゅうかく》よりも優れていると言われるサメの聴覚の賜物《たまもの》か――

「かえ……して……」

漏れ出るような呟きと同時に、その巨大なサメが、岩場にいる雫へと顔を向けた。

船の上を這《は》いずるようにしていたそのサメは、顔を左右に動かしながら雫を見やる。

これは、後《のち》にこのサメが『ヴォイド』と名付けられてからしばしば生存者に対して行われる動作として知られる事となるが――それはまるで、高い知性を持った存在が相手を観察しているかのようだった。

視覚、聴覚、嗅覚、あるいは電気を感じ取るロレンチーニ器官すら動員して様子を窺っているようにも見えるその仕草の後、サメは一瞬の間を置いて、船から身を捩《よじ》らせて海中へと戻っていった。

その一瞬の間に見せた挙動を見て、雫はサメがこちらを見て笑ったのだと確信する。

サメの表情を人間が読み取れるのか、そもそも笑うという感情が魚類にあるのかという疑問を全て置き去りにし、雫はただそう感じ取ったのだ。

あるいは、心が現状に追いついてない彼女が刹那に抱いた妄想かもしれないが、それは彼女の魂に大きな楔《くさび》を打ち込んだ。

そして、雫は、更なる妄想に囚《とら》われる。

空腹故に、自分の弟を飲み込んだのではない。

アレは――あの巨大な異形のサメは、人間の味を確かめるために食べたのだと。

もっとも、この日を境に積極的に人間を襲うようになった巨大サメの行動に鑑みれば、彼女が抱いた想《おも》いはあながち間違いではなかったのかもしれないが。

そうした妄想とも推測ともつかないものが彼女の脳裏《のうり》を過ぎ去った後、数秒遅れて本来抱くべき感情が追いついた。

「――――ぁ」

一瞬だけ呼吸を引きつらせた後――

既に静けさを取り戻していた海辺に、雫の長い長い絶叫が響き渡った。

その光景は、やがて世界に公開される事になる。

比較的近場にいた釣り人の手によって撮影されていたその映像は、『船から撥ね上げられた少年が、そのままサメにひとのみにされる』という衝撃映像として、ネットを中心として拡散された。人が死ぬ瞬間であるためにテレビなどでは放送が自粛される国も多かったが、その映像は後に別の意味を持って扱われ始めた。

人食い鮫『ヴォイド』が、初めて人間の前に姿を現した瞬間として。


♪


結果として、紅矢倉雫は約束を守る形となった。

——奏を残して死んだりしない。

弟に告げたその約束は、交わしてから間もなく叶《かな》えられたのである。

確かに、彼女が奏を残して死ぬ事はなかった。

奏の方が、雫を残して世界から消えてしまったのだから。

そして、彼女の世界は裏返る。

世間の風を受け流しながら飄々と研究を続けてきたはずの雫。

だが、柳の如《ごと》きそのスタイルは——ヴォイドの事件を切っ掛けとして、鋼《はがね》の城へと変化した。

それまでは、『倫理的、法的にかろうじて許される範疇《はんちゅう》』で進めてきた研究について、彼女はその境界線の向こう側にまで踏み込むようになった。表に出ている断片的な情報を見た人々の間で、裏では完全に非合法な事をしているのではないかという噂が立つ程に。

周りに何を言われても気にしないという一点は同じだが、現在の彼女には、確固たる目的があり、それを果たす為には世界の全てを敵に回してでも己の道を歩むという覚悟に満ちている。


たとえ、その道の先が——誰にも理解されぬ地獄だったとしても。

♪

現在　移動型海上研究都市『龍宮』海洋生物研究所

「……ぱい、先輩！」

「……」

「紅矢倉先輩！　起きてくださーい！」

自分の身体が揺すられている感覚を覚え、雫はゆっくりと身体を起こした。

義眼ではない左目で自分の右腕を見るが、そこにあるのは夢の中にあったような生身の腕ではなく、スチームパンクの世界観を思わせる無骨な義手。

続いて顔を上げると、そこには同僚である若き研究員、ラウラの姿があった。

「ああ、おはよう。いい朝だね」

「もう夕方ですよ？　大丈夫ですか？　今日の夜は上層部の研究室は使えないから、今の内に今日の作業を纏めておけって所長のお達しが来てますよ？」

「ん、そうか……ありがとう」

礼を言いながら身体を伸ばす雫を見て、ラウラが不思議そうに問う。

「……先輩、泣いてました？」

「ん……いや」

そこで彼女は、義眼ではない左目がヤケにしょぼついている事に気付く。

同時に、今しがた見ていた夢の内容――10年も前に起きた惨劇の光景を思い出し、一瞬だけ口ごもった後に自嘲《じちょう》気味の笑みを浮かべながら言った。

「はは、ちょっと怖い夢を見てね」

「どんな夢ですか？」

「んー、ホラー映画の殺人鬼に襲われて、大事な人を失うような夢……かな」

正直に言う事も憚られたので、少し誤魔化し冗談めかして言う雫。

それを聞いたラウラは、一瞬きょとんとした顔を見せた後、楽しげに笑いながら言った。

「え！　え！　もしかしてアレですか？　大事な人って、私とか？」

「……。ああ、まあ、似たようなものかな……」

「ほんとですか！　嬉しい！」

自分に懐いてくるラウラという少女の事は、雫も悪くは思っていない。

あるいは、自分を慕《した》ってくる10代の若者という事で、彼女の影に弟の姿を見ているのかもしれないという自己分析もしていた。

だが、どこまでいっても、結局彼女は弟ではない。

それは雫も理解しているが、仕事以外の部分で甘やかすぐらいは良いだろうと思い、束の間の世間話に興じる事にした。

「しかし……休憩前は雨が強かったように思うが、今夜のイベントは決行するのかね？」

彼女の言うイベントとは、今夜この島で行われる流星群の観測である。

都会から離れ、島の灯りを消して満天の星空を楽しむという趣向であり、現在この人工島には、日本各地、あるいは世界中から多くの観光客が訪れていた。

「雨はまだ強いですよ？　でも、流星群の見られる時間帯には晴れるって予報みたいです！

ちょっとぐらい雲があっても、晴れ間の所まで島を移動させるみたいですよ？」

「流星の為にわざわざ移動するのかい？　相変わらず無茶苦茶だね、この島は」

いくら浮遊島とはいえ、長距離を移動するとなると大ごとであり、海上保安庁など多くの公的機関からの許諾が必要となる。

特例で自治体と認められてはいるが、世界的には船舶で通っている為、他国とのトラブルを招く事のないよう、日本の領海外への移動は認められていない。

最初から決められている移動ルートや、台風、津波などの緊急事態を除けば滅多に動かして良いものではない。

しかしながら、この浮遊島は経済的に大きな影響力を持ち、海上保安庁等にとっても一時的な活動拠点として利用される事もある為、多少の無茶は通るようだ。

「ま、富士桜さんならやるか」

女帝と渾名される市長の名を呟きながら、雫はゆっくりと背を伸ばし、タブレットを操作して今日の研究データをまとめ始める。

「君も行くのかい？　流星見物」

「先輩はどうします？　一緒に行きませんか？　私、すっごく星がよく見えるスポットを見つけたんですよ！」

「本当に？　この島で？」

「ええ！　先輩が来てくれるなら、こっそり教えてあげてもいいですよ！」

自慢げに胸を反らしながら言うラウラだが、その目は一緒に行きたいという希望に満ちており、人の心の機微に疎《うと》い雫にも理解できる程だった。

「んー……そうだね、私も、今日ぐらいは羽を――」

そう言いかけたところで、タブレットが音声通話の着信を伝える。

「おや、噂をすればなんとやらだ。すまないが、少し待っていてくれ」

タブレットの画面には『富士桜市長』と表示されており、彼女はラウラの下から離れると、タブレットとリンクさせているスマートフォンを取り出して通話を受けた。

「もしもし、紅矢倉です」

『私だ』

「どうしました？　まさか、流星観測のお誘いでも？」

『そんな色気のある話だったら良かったのだがな』

電話の奥から苦笑するような息づかいがあった後、真剣な調子で市長が告げる。

『ネブラが、君の研究に興味があるらしい』

「……」

『誤魔化してはおいたが、どうにも確信があるような素振りだった。無論ハッタリの可能性もあるが……。とりあえず研究所内部の視察に向かうそうだ。機密区画の案内は無理だと告げてあるが、一応気を付けておいてくれ』

「ええ、御安心下さい、市長」

慇懃《いんぎん》な物言いで、雫は苦笑しながら市長の意を汲《く》んで言葉を返した。

「何かが起こった場合は、全て私の独断です。市長は知らないはずの事ですから」

『……一つ、伝えておく』

「はい」

『私は市長として、市民と観光客の安全を護る義務がある。いざという時は、……君の大事な者であろうと切り捨てる。それを忘れるな』

淡々とした、それでいて強い口調で断言する市長に、雫は僅かに目を伏せて応える。

「ええ、覚悟していますよ」

どこか芝居がかったような口調で、雫は自分の決意を伝えるような言葉を吐き出した。

「その時は、私もあの子と運命を共にするつもりですから」

今の彼女は、絶望に塗《まみ》れ慟哭《どうこく》した10年前とは違う。

復讐《ふくしゅう》に囚われ、人間性を捨てて弟の仇の『ヴォイド』を追い続けていた時とも違う。

どちらかといえば、弟と共に歩んでいた頃に一番近い穏やかな笑みを浮かべていたが——その笑みの奥では、彼女の中にあった『糸』――社会と自分の在《あ》り方を繋げる重要な理性の内のいくつかが、完全に焼け落ちてしまっていた。

そして、新たに紡がれた糸は、今は別の物へと繋がっている。

機密区画の水槽に揺蕩《たゆた》う、自然の摂理から外れた怪物に。


♪

午後6時　『龍宮』観光区画

「はーい、みんな、ちゃんと並んで下さいねー」

引率の教師の言葉に従い、小学校高学年の子供達がワイワイと騒ぎながらも列を作り始める。

点呼が終わり、港のロビーの中で待機している子供達。

八重樫フリオも、そんな子供達の一人だった。

「雨、ほんとにやむのかな?」

フリオの言葉を聞いた男子の一人が、スマートフォンを見ながら答える。

「大丈夫だよ!　予報だと、9時までには晴れるってさ!」

「ほんと?　じゃあ、もうすぐここも真っ暗になるのかな!」

夜9時から島の上部の灯りの大半を消すという所業。

海の上で煌々と輝く姿から『炬島《ともしびじま》』とも呼ばれるこの『龍宮』において、消灯というのは簡単な事ではない。周辺を航行する船が衝突しないように島の外周では最低限の警告灯が灯る事になっているが、コンビニエンスストアですら一時的に店を閉め、非常口を示すもの以外は電灯を全て消すという徹底ぶりだ。

子供達の中には流星よりも、『普段明るい場所が真っ暗になる』という状況にワクワクしている者も多数いる。

そんな浮き足だった空気の中、待機状態が解除され、小学生のために割り当てられた観測場所へと向かうべく、小学生の集団が動き始めた。

島の中央へと移動を開始する中、フリオはふと、港の片隅で雨に打たれながら作業をしている者達に目を向けた。

「あれ、何を運んでるんだろう？」

黒いレインコートを纏い、やたらと頑丈そうな箱をいくつも運んでいる作業員達が気になったものの、列の移動に促《うなが》されるまま、フリオはその場から離れざるを得なかった。

もしも雨が降っておらず、作業員達がレインコートを纏っていなければ、フリオは気が付いていたかもしれない。

その作業を行っている者達が、昼間、フリオの実家であるスパニッシュレストランに客として訪れていた者達だという事に。

もっとも、仮に気付いたところで、運命を変える力がフリオにあるわけではないのだが。

そして、これより30分後。
炬島――『龍宮』から、全ての灯りが消える事になる。

ただし、予定通りの消灯ではない。

消灯予定時間にはまだ1時間以上ある中での異常事態。

電池式の懐中電灯やスマートフォンを除き、島中の灯りが消えたのだ。

船舶や飛行機の事故を防ぐ為の警告灯も。

各施設の非常口を示す僅かな灯りも。

イベントにおいて歩行者達の安全を守るための誘導灯も。

自動販売機の灯りさえも。

観光客の人々も、島の元からの住人達も、『この消灯は異常だ』と思った者達から順に、警察や管理部、あるいは事情を知っていそうな知り合いへと電話を掛けようとする。

そして、彼らは気付く。

携帯電話の電波が、一切入らなくなっている事に。

確かにこの瞬間、電線やコンセントを介する島中の灯りは全て消え去っていた。
本土への通信機構を司る設備の灯りも。
島の中枢を担う、電子制御システムの電源ランプさえも。
それは同時に——
電子システムで制御されていた、一匹の怪物が解き放たれる事を意味していた。

第4歯

暗く昏く広い場所にて

自由を得た。

自由を得た。


それを理解するのに、『彼』は暫《しば》しの時を要した。

巨体を捩り、高速で八の字に己の身をくねらせる。

最初は恐る恐る警戒しながら、やがて周囲の全てを置き去りにするかのような速度で深い闇を切り裂いていく。

四方に広がる広大な空間の中に、自分を束縛するものがないと確認するかのように。

ひとしきり力を振り絞った後――

『彼』は静かに考えた。

己が今置かれている状況が、生まれて初めて体験したものであるか否かを。

演算はすぐに完了した。

答えは否。

記憶の源流に、その瞬間は確かにあった。

戻って来たのだと、『彼』は確信する。

ほんの数分、あるいは数秒に満たぬ時間だったかもしれない。

だが、それでも『彼』は理解する事ができた。

今、自分の周りに広がる世界は、生まれ出《い》でてから僅かの間に感じたものと同じ世界だと。


そして『彼』は、行動を開始する。

束縛のなくなった自分が、今するべき事は何かを。

まず『彼』が思い出したのは、己を閉じ込める透明な壁越しに見えた、自分とはまったく違う生体活動をする存在だ。

通常の生物とは異なる『彼』の脳髄《のうずい》はしかと記憶していた。

この状況になる前に、自分を見つめていた者の事を。

その顔を思い出す。

何度も何度も繰り返し発していた、複雑な音の響きを思い出す。

――『ダイジョウブ』

つい先刻も聞いたばかりの、その『言葉』を。

――『オネエチャンハ　アナタノ　ミカタダヨ』

――『カナデ』

時は、一時間ほど遡る。

♪

移動型海上研究都市『龍宮』海洋生物研究所

普段は研究者から事務員、清掃員、警備員などを含めて、三百人以上がせわしなく働いている海洋生物研究所。

だが、現在は流星観測に伴う消灯時間が迫っており、多くの研究者は既に退所し、現在は三十人ほどがギリギリまで作業を続けたり、あるいは撤収の準備をしている最中だった。

しかし、そんな中にわざわざ現れた来客が、残された者達の視線を一斉に集めている。

その男は、視線が自分に刺さる事を感じつつ、緊張した面持ちで口を開いた。

「ウィルソン山田です、本日はお忙しい中、お時間を割《さ》いて頂き、ありがとうございます」

市長に相対した時と全く同じ挨拶をする、黒髪にやや青みがかった目が特徴の青年。

対する研究者――紅矢倉雫は、素っ気ない調子で言葉を返した。

「……どうも。紅矢倉です」

「いやあ、かの鮫退治の英雄、紅矢倉博士にお会いできるとは思っていませんでした」

やや緊張した調子で言いながら握手を求める青年に、雫は無表情のまま、相手の差し出してきた手に合わせて義手の方を差し出した。

「あっ、ああっ、し、失礼しました」

慌てて逆の手にしようとする山田の手を、そのまま義手で摑む雫。

「よろしく」

特に感情を見せぬまま、スチームパンクを思わせる無骨な義手で相手の手を握り込むが、動きそのものは見た目に反してスムーズであり、柔らかい感触と金属の冷たさのアンバランスさが青年の心を戸惑わせた。

「ど、どうも。緊張してつい……」

「緊張する事はないでしょう？　ただの『職場見学』なんですから」

「ああ、敬語を使う必要はありませんよ。私はお願いする立場ですから」

「そうかい？　じゃあ普通に話させてもらうとしよう」

驚くほど簡単に口調を切り替えながら言う雫に、山田と名乗った青年は特に不快になった様子もなく言葉を続ける。

「ええ、お互いに遠慮はなしにしましょう。私は寧《むし》ろ、本社の意向で『嫌われ役』としてここに来たようなものですから」

「なるほど、そういう事を言うタイプだから選ばれたんだろうね。どうやら君は損をしやすい性格らしい」

肩を竦めながらそう言った雫は、そのまま研究施設の奥へと歩み始めた。

「とはいえ、寧《むし》ろ嫌われるのは我々の方かな。かの『ネブラ』が喜ぶようなデータがここにあるとは思えないから、無駄足を踏ませてしまったんじゃないかな？」

「いやあ、そんな事はありませんよ。うちの会社……『ネブラ』は悪食《あくじき》ですからね。ドローン技術から老化治療まで、金になりそうなものはなんでも研究します。中には首無しライダーだの吸血鬼だの人狼だのまで研究してる……なんて噂もあるぐらいですからねえ」

「それは恐い。ホラー映画でも撮る気なのかい？」

「そうかもしれませんねえ、映画業界にも大分出資してますから」

笑いながら言う青年の前で立ち止まり、雫は薄く笑いながら振り返る。

「次は、人食い鮫映画かい？」

「……」

その言葉に全身を強張らせた後、青年が冷や汗交じりの愛想笑いを浮かべながら言った。

「い、いやその、遠慮はお互いに無しとは言いましたけれども、もうちょっと段階を踏みませんか？」

「おや、私はただ映画の話をしただけだよ。もしもネブラがサメ映画に出資するというのなら、随分と金のかかったものになるだろうからね。是非、見に行かせてもらうよ」

からかうように言いつつ義手の手首をクルクルと回転させる雫を見て、訝しむように青年が尋ねる。

「あの……雫さんは、鮫に思うところはないんですか？」

「憎いのはヴォイドだけさ。鮫そのものじゃない」

踏み込んだ問い掛けに、雫は再び歩き出しながら答えた。

「いや……てっきり、鮫そのものを根絶させる勢いで憎んでいるものかと」

「どうかな。私も最初はそんな感じだったかもしれない。だけれども君、その理屈で行くと、身内を強盗に刺し殺された人間は、人類の絶滅を願わなければならなくなるわけだからねえ」

「あー……まあ、でも、そういう人も中にはいるんじゃないですかね……」

「そうかな？　……いや、そうだね。憎しみの範囲をどこまで広げるかは個々の自由だ」

そんな事を呟きながら、雫は大きな水槽の前に辿り着く。

中を泳いでいるのは、奇妙な物体だった。

一見するとフォルムはシャチのようなのだが、それにしては随分と小型に見える。

「……なんです？　これ……」

「これは、私の後輩が研究しているシャチのDNAを利用した生体ドローン。ナノマシンと人工細胞を組み合わせたナマモノのロボットさ。生体としての脳は存在せず、神経を司《つかさど》る人工的な回路を外部のAIがコントロールしている。生物と見るかロボットとみるかは観測者の立場によって意見が分かれるところだね」

「……あの、すいません。この時点でだいぶ世間一般の倫理感と乖離《かいり》しているような気がするのですが」

「それは、時代にもよるだろうね。掛け合わせによる品種改良だって、時代によっては許されなかったわけだし。まあ君が嫌悪《けんお》して唾を吐きかけようと私には止める権利はないわけだが」

雫が苦笑すると、横から別の声が飛んできた。

「先輩に唾なんか吐きかけたら、私があなたをその子達の餌《えさ》にしますからね？」

「おや、ラウラ。まだ流星観測に向かってなかったのかい？」

「先輩だけに残業させたりしませんよ。もうすぐここも消灯になるんですから、ちゃっちゃと済ませてちゃっちゃと移動しちゃいましょうよう」

まだ高校生ぐらいの年齢とはいえ、更に幼い子供のような調子で言うラウラに、雫は静かに笑いながら首を振る。

「そういうわけにもいかないさ。ネブラの学芸員君の監査は厳しそうだからね。というかラウラ、君も初対面の人間に対して随分な物言いだよ?」

「……。ごめんなさい」

一瞬躊躇《ためら》った後、素直に謝るラウラ。

青年は小さく溜息を吐いた後、愛想笑いを浮かべながら言った。

「いえいえ、気にしないで下さい。ラウラ・ヴェステルホルムと言えば私などにとっては雲の上の存在ですから。元は、我が社の……ネブラの研究員だったわけですし」

「やめて下さいよ、元の職場の関係者に褒められてもちっとも嬉しくないですよ?」

「こら、ラウラ」

「……はあい、すみませんでした」

雫に窘《たしな》められ、渋々と青年に向かって謝罪するラウラ。

対する青年は、曖昧《あいまい》な笑顔を浮かべながら言葉を返した。

「ああ、いえいえ、お気になさらず。まあ、うちの会社も色々とアレなのは確かですから」

「悪いねえ。ここの研究者は一般常識をどこかに置いてきた輩《やから》が多いんだ。私も含めてね」

ラウラが現れた事でやや柔和な雰囲気になった雫は、再び水槽に向き直る。

「これは、ラウラの研究成果さ。まだ20歳にもならないってのにこんなものを生み出せるんだ。大した天才だよ、まったく」

「そんな！　紅矢倉先輩には遠く及びませんよう！」

謙遜《けんそん》ではなく、心の底からそう言っているような調子のラウラに、雫はやはり苦笑交じりの溜息を吐くだけだが——

横合いから、『ネブラ』の学芸員を名乗る青年が口を挟《はさ》む。

「それは、まあ……興味深いですね」

「え？」

「神童と名高いラウラさんが、自分よりも凄いと言う紅矢倉博士。あなたが現在研究している分野についてお伺いしても？」

「おっと、段階を進めるタイミングだったかな？」

やれやれと目を伏せた後、雫は次の研究設備に向かって歩き始めた。

「見せてあげたいのは山々だけれどね。私の研究は機密区画で行われているんだ。当然ながら、私の研究以外の研究もあるわけだから、そこに易々《やすやす》と入れるわけにはいかない」

「いやあ、それは分かるんですが、話はネブラだけに留《とど》まらないんですよ」

「？」

「もしも……うちの会社の見立て通り、『アレの子供』がここにいるんだとすれば……厄介な連中を敵に回す事になります。ネブラとしては、そちらを警戒するためにも情報の共有を進めておきたいんです。別に、『アレの子供』がいる事自体を咎める気は今さらありません。ただ、それがトラブルを呼び起こす可能性が高い……という事をお伝えしたいんです」

持って回った言い方をする青年に、ラウラが首を傾《かし》げる。

「アレの子供？　なんの話です？」

「……」

雫は暫し黙り込んだ後、ラウラにも聞かせるように青年に言葉を返した。

「先に訊《き》いておきたい」

「何でしょう」

「……『ネブラ』は、何か摑んでいるのか？　君の言う『アレ』……『人食い鮫ヴォイド』が、どこから、やってきたのかを」

「だから、私がここにいるんですよ」

オドオドしていた調子を一瞬消し、力強く答える青年。

だが、直後に雫から目を逸らし、心底うんざりしたような顔で溜息を吐いた。

「正直、嫌な役目ですがね」

紅矢倉雫はそこで暫し考え込み、自らもまた、覚悟を決めたように頷いた。

「さっきも言ったように機密区画は私の一存では見せられない」

「……でしょうね」

「だが、質問には答えよう。『ヴォイド』の子は……確かにここにいる」

「！」

やはり、という調子で目を見開く青年。少し遅れて、ラウラが大仰に声を出した。

「え？　……ええ!?　ちょ、先輩！　その、ヴォイドって……！　先輩のおと……ええと、右腕を食べちゃった鮫ですよね!?」

困惑するラウラに軽い微笑みだけを返し、雫は青年へと向き直る。

「次は、こちらの質問に答えてもらおう。『ヴォイド』はどこから……いや、どこの国が作った？」

「えぇ!?」

「国じゃありませんよ、いや、どこかの国の方が良かったかもしれませんが……」

再び声を上げるラウラを余所《よそ》に、青年は周囲の目を気にしながら言葉を紡ぐ。

「ラウラさん……は、まあいいか。ここだけの話にしておいて下さいよ」

軽く念を押した後、青年は冷や汗を掻きながら、小声でその『組織名』を口にした。


「――『カリュブディス』」

♪

同時刻　人工島某所

「しかしまあ……よく『カリュブディス』の連中の仕事なんざ受けましたね、姐御」

「……」

部下にそう言われたイルヴァは、港から島の中心部に向かう道を歩きながら淡々と言う。

「こんな時にする話か？」

「誰も聞いちゃいませんよ。それに、情報の機密は契約にゃ含まれてない。俺らはただ、いつも通りに、やるべき事をやるだけだ。そうでしょう？」

「その為に、今の質問は必要か？」

「まあねえ、不安は仕事の前に取り除いておきたいってもんでさぁ、姐御。『カリュブディス』は筋金入りにヤバイ連中だ。何しろ責任者ってもんがいねえ。俺らは別に、どんな思想に使われて何人殺す事になっても通常営業だからいいんすけどねぇ？　終わった後に連中の気まぐれで口封じだのなんだのされるのは御免ですぜ？」

本土で運転手をしていた副官の言葉に、イルヴァはやはり淡々と答えた。

「問題はない。その時は返り討ちにするだけだ」

そして、歩みを止めぬまま言葉を続ける。

「不安なら、ここで抜けても構わん。事を始める前なら、それは自由だ」

「それこそ冗談でしょう。これまでで一番金払いがいいんすからね。これを逃す機会はねえや」

「だったら、黙って仕事をこなせ」

「へいへい」

肩を竦める部下も含め、イルヴァ達は十人程の集団で移動している。

だが、それは特別回りの目を引く事もない。

元より研究者やその家族まで含めて様々な人種が集まる島である上に、今日はことさら観光客が多い日だ。

入島制限があるとはいえ、人と人が密になるには充分なスペースである。

数年前から続く流行《はや》り病の影響で、こうした人が集まる場所では今でもマスクをしている者が多い。イルヴァ達の半数もマスクやバンダナで顔を隠しているが、それすら周囲に違和感を覚えさせるには至らなかった。

「あそこが、裏口か」

「ええ、研究設備の搬入口っすね」

イルヴァ達が向かっていたのは、紅矢倉達がいる海洋研究所の裏手。

表通りとは違って観光関係の道ではないため、普段から人通りが少ない区域だ。

その上、今日はイベントで別の場所に人員が割かれているせいか、現状は研究所の搬入口にある受け付け用の小さい詰め所に、警備員が一人しかいない。

その様子を確認したイルヴァは、副官であるバンダナの男に言った。

「ここは任せた。私は庁舎に向かう」

「了解了解。まあ、やる事はきちんとやるんで、安心して下せぇ」


上司であるイルヴァが去った後、男達はゆっくりと研究所の裏口へと近づいていく。

「どうしましたか？」

観光客の集団が道に迷ったとでも思ったのか、搬入口の詰め所から警備員が問い掛けた。

「ああ、すいませんねぇ。研究所の見学に来たんすけど、表口はどっちっすかねぇ？」

流暢《りゅうちょう》な日本語で語りかけてくるバンダナの男に、警備員は眉《まゆ》を顰《ひそ》めて言う。

「ええ？　今日はもう見学の予定は……」

「いや、でも今日だと思うんですよ。ほら、このチケット見て下さい」

詰め所の窓に歩み寄りつつ、鞄からチケットのようなものを出すバンダナの男。

警備員がそれを覗き込もうとした、その刹那――

バンダナの男は、流れるような動きで、そのチケットを警備員の喉元に刺し、押し込んだ。

「は……ぐぶ」

警備員は何が起こったのか分からぬまま、喉から大量の血を溢れ出させる。

血に濡れたチケットを引き抜くと、その紙の裏側に隠されていた薄いナイフが煌《きら》めいた。

そのまま再度喉を突き刺しつつ、男は狭い詰め所の床に警備員を押し倒す。

そのまま窓越しに中に入り込むと、懐《ふところ》から何かのカードを取り出し、机に置かれていた機械に翳《かざ》す。

『承認しました』

機械的な合成音に続いて開き始めた搬入口のゲートを見ながら、男達が淡々と会話を続けていく。

「マジか？　こんなにあっさりいくもんかね？」

「仮にも機密情報扱ってる研究所だろ？」

「まあ、日本の警備員って銃持ってねぇしな」

「それによ、警備員も鍵は持ってねえんだ。中に連絡するか、関係者のカードキーじゃなきゃ開かねぇのさ」

バンダナの男は、既に動かなくなった警備員の身体をコツリと蹴りつつ、無線機を取り出してどこかへと指示を出す。

すると、研究所から港の方角へと続く島内の道から、二台の搬入用貨物車両が現れた。

車両はそのままゆっくりと研究所の搬入口の中に入り、バンダナの男達もそれに続くかたちで研究所の中へと消えていく。

最後に時計を確認し、首をコキリと鳴らしながらバンダナの男が微笑んだ。

「パーティーまであと5分だ。それまでにきちんと『装備』を整えとけよ」


♪

研究所地下　海中観察区画

通常の研究所と、最深部にある機密区画。

その間に位置するのは、海中の様子を観測する事ができる水族館のようなフロアだ。

強化アクリル製の透明な壁面が広がっており、円周状に広がる海中観察の通路の他に、中央部分には更に地下へと延びる研究所内の縦長の円柱式水槽が数本確認できた。

エレベーターを使ってこの階層に下りてきた雫は、ラウラと青年を円柱水槽の一つの前に連れてくると、そこで静かに口を開いた。

「悪いね、機密区画に入れるわけにはいかないが、上で話すような話題でもないだろう」

普段は観察作業などである程度の研究者がいるフロアだが、現在は一人もおらず、雫とラウラ、そしてネブラの企業学芸員だという青年だけが存在している。
フロアの周囲に広がるのは、海中のライトの灯りを飲み込んでいく深い海の暗闇。

空調やポンプと思しき小さな機械音が、その深い虚無と共鳴しているかのようにフロアの空気を寂寞《せきばく》の色に染め続けていた。

「あのう、私も聞いて良い話ですか？」

「いや、無理矢理ついてきたのは君だろう、ラウラ」

「そりゃそうですよ！　初対面の男の人と先輩が二人っきりなんて、天が許しても私が許しませんし、そもそもうちの研究所全体が絡みそうな話じゃないですか！」

「じゃあ何を言っても聞く気ですよね、それ……？」

青年が呆れたように言いつつも、苦笑を浮かべてラウラをフォローした。

「とはいえ、私としても助かります。私一人では紅矢倉博士の話についていけない可能性もありますから、専門家のラウラさんの視点もあると助かりますんで」

「そうかい？　なら、どこから話すべきか……」

少し悩んだ後、雫はラウラに語り掛ける。

「そもそもラウラ。君は『人食い鮫ヴォイド』について、どこまで知っている？　事件じゃなく、生物としての話だ」

「ええと……成長限界を超えた突然変異のオオメジロザメで、通常の二倍以上の体長と激しい凶暴性を持ち合わせた個体……ですよね？　ただ、その後の研究分析の結果は10年経った今も公開はされていない筈ですけど」

「ああ、公開されていないのには色々と理由があるが……その一つには、あれが『人災』の可能性が高く、今もなお調査中だという事がある」

「へ？」

突然現れた『人食い鮫が人災だ』という雫の物言いに、ラウラは首を傾げた。

「それって……映画とかでよくあるみたいに、サメが出没してるのに無理矢理海辺のパーティーを市長が開いたとか、そういう意味合いですか？」

「勿論それも人災だが、幸いな事に、存在が確定して以降はしっかりとどの国も対策はしたよ。それでもなお二百人以上も捕食したからこそ、アレは怪物と呼ばれ続けているんだ」

「じゃあ……」

「私の言う人災というのは……あの『ヴォイド』は、人為的に生み出された存在だという事さ。恐らくは、純粋な悪意を持ってね」

淡々と言う雫だが、その内容は荒唐無稽とも思えるものだった。

しかし、ラウラはそれを笑わないし、雫もそれを見越して言葉を紡ぐ。

「ああ、そうだよラウラ。君の生み出したシャチのＤＮＡを利用した生体ロボットがそうであるように……あの『ヴォイド』も、人の手を加えて意図的にデザインされたサメだ」

それに続くかたちで、青年もネブラの学芸員として話し始めた。

「当社でも詳細なＤＮＡ分析を行ったんですが、オオメジロザメに近しい部分はあるものの、人為的にかなり遺伝子を操作をされた痕跡がありました。正直な話、現代発表されている技術の水準を超える部分もありましてね、発表には色々と慎重になっているんですよ」

「まあ、週刊ラストウィークだっけか？　ああいうゴシップ誌が『人食い鮫ヴォイドは軍事兵器か!?』なんて記事を書いた事もあったが、当たらずとも遠からずだったという事さ」

雫の更なる補足を聞き、ラウラはこめかみに指を置きながら問い掛ける。

「えーと……つまり、さっき山田さんが名前を出した『カリュブディス』っていう組織がそれを作ったって話ですか？　……なんていうか、ギリシャ神話の怪物の名前ですよねそれ？」

「まあ、そうなりますね。テロリスト集団……とも少し違うんですが」

そして、青年は真剣な調子になり、その集団について語り始めた。


『カリュブディス』。

元はインターネットのアンダーグラウンドサイト内で繋がりを持った、倫理的には許されない実験などを繰り返す集団だった。

学会から追われた科学者から、国家に目を付けられて姿を消した技術者、あるいは単なる妄想癖のある素人《しろうと》まで含めて、そのネットワークは少しずつ少しずつ広がっていく。

冗談で済まなくなったのは、ネットワークに強い技術者が加わった事で、ネットワークがより深い場所――一般人の目に届き難《にく》いアンダーグラウンドに潜ったあたりからだ。

新型の合成ドラッグの開発と取引などに使われ始めると、マフィアや暴力団といった各国の非合法組織の資本が入るようになる。

特徴的なのは、普通は利権争いで組織同士の抗争になる筈の所、そのような事態になる事は予想よりも遥かに少なく、また関わりのあるいかなる組織も全体を掌握しきれていないということだった。

『インターネット以外での活動拠点は多々あれど、本拠地と呼ばれるべき場が存在しない』ということと、『組織を仕切る特定の中心人物が存在しない』という事が組み合わさり、各アンダーグラウンドの組織はそれぞれ自分達の縄張りに関わる部分だけを掌握し、あとは互いに睨《にら》み合うという状況が続いている。

名前だけが一人歩きし、出資者と研究者と犯罪者の出会いの場となった『カリュブディス』だが、内部では時折大きな固まりが生まれ、何かしら世界に大きな爪痕を残す事がある。

世界的な複合企業《コングロマリット》であるネブラは、独自の情報で『ヴォイド』の件にも、そうしたカリュブディス内部の一部派閥《はばつ》が大きく関わっているのではないかと推測したのだ。

「細かい説明は後に回すとして、問題は、その集団が『ヴォイド』の遺骸を狙っているという事です。実際、遺骸の一部を保管している『ネブラ』の研究機関にもハッキングをかけられました」

企業機密といってもおかしくない事を、疲れた調子で飄々と語る青年。

彼はハハ、と力無く笑った後、肩を竦めて前向きに話を纏めた。

「ま、それが元になってその人達の関わりが摑めたんですけどね？」

「ちょっと待って下さい。で、それがうちの研究所と何の関係があるんですか？　そりゃ、ここにもヴォイドの死体の一部があるとは聞いてますけど、ネブラとかに比べたらごく一部だって」

「死体はね」

苦笑しながら、ラウラの言葉を遮る雫。

それは同時に、『死体ではない何かがある』という事を指し示していた。

すると、それこそが本題だとばかりに、青年が話の続きを促し始める。

「いるんですね。『ヴォイド』の子が」

「……」

「ああ……その、お話し頂けますか？　市長にも言いましたが、その件であなた達を咎めようとか、国際的に告発しようというわけではないんですよ。場合によっては、公式に紅矢倉博士の研究に出資する事も可能なのではないかと思っています」

「それは無理じゃないかな」

雫は口角を上げるが、目もとはどこか寂しげに見えた。

「君の会社も、一応は上場企業だろう？　株価を暴落させるような研究に手を貸すとは思えないが」

「研究用の飼育程度でしたら、問題は――」

その言葉が、途中で止まる。

時間そのものが止まったかのように、青年は全身を強張らせた。

「？　どうしたんですか？」

ラウラが青年の異常に気付き、その視線の先を追う。

青年の視線は、雫の背後、最下層の機密区画から延びている巨大な円柱上の水槽へと向けられていた。

照明に照らされる水槽の内部を見て、ラウラもまた、声を上げる事すら忘れて全身を強張らせる。

そんな二人の様子を見て、雫は静かに笑う。

「ああ……聞き慣れない声が響いたから、不安になったのかい？」

彼女の言葉は、青年とラウラに向けられたものではなかった。

透明度の高い強化アクリルの向こう側。

「心配しないで。私は問題ないから」

自分の背に『彼』がいる事を確信しつつ、雫はゆっくりと振り返りながら言った。

「大丈夫」

水槽の中、雫に顔を近づけるように現れたのは——体長10ｍを超えようかという巨大なサメの異形。

ホオジロザメすら超えようかという巨体の各所に、明らかに人工物であると思しきパーツが散見され、サメの肉体を鎧のように包み込んでいるかのように見えた。

頭部の半分は拘束具のような金属に覆われ、その魚眼は完全に隠されている。

何より不気味なのは、それにもかかわらず、こちらの位置を正確に把握しているかのように鼻先を雫達に向けている事だった。

まるで冗談のような姿をした怪物を前にして、雫は慈愛に満ちた笑顔を浮かべてみせる。

「お姉ちゃんは、あなたの味方だよ……カナデ」

それに対して、水槽の中の巨大鮫が何か反応をするかしないかという刹那——

フロア全ての照明が落ち、周囲が暗闇に包まれた。

いや、照明だけではない。

一瞬前まで響いていた空調などの機械音が一斉に消え去り、真なる闇と静寂が雫達の世界を支配した。

「て、停電!?　まさか！」

その静寂を殺したのは、ラウラの焦った声。

「雨が酷《ひど》かったみたいですから、雷ですかね……？」

青年の言葉に、雫が訝しげに応えた。

「いや……それなら、すぐに非常用のバッテリーに切り替わるはずだよ」

人工島『龍宮』は、独自のソーラーシステムと風力、潮力、燃料式の全てを組み合わせて発電を行っている。庁舎の横にあるビルが一つまるごとシステム管理と蓄電池としての役割を兼ね備えており、全ての発電システムが停止した場合でも三日は島の全電力を補う事が可能となっている筈だ。

何より停電が研究の命取りになるこの施設や病院では、何重もの停電回避システムと自家発電設備が備わっている為、こうして会話している間も停電が続くという事は考え難い。

だが、彼女達は気付いていなかった。

この瞬間に停電していたのは、この研究所だけではなく——

人工島『龍宮』全体において、電力供給システムの全てが停止していたのだという事に。

♪

市長室

「なんだ……？」

流星観測開始に向け、最後の確認を進めていた富士桜市長。

彼女の部屋もまた例外なく電力の供給がストップし、部屋の中が暗闇に包まれた。

窓から外を見ると、島の光源は殆《ほとん》ど失われている。

流星観測の際の消灯予定を大きく上回る、完全な暗闇に近い状態だ。

完全に『近い』、というのは、それでも視界の中に幾ばくかの光を確認できたからである。

路上のあたりにちらほら蠢《うごめ》いている光は観光客達の携帯電話のものであろうか。

さらに遠くには、本土の街の光がいつも通り揺らめいており、この島だけが停電に見舞われたのだという事を示していた。

「消灯システムの不備か？」

電力供給システムを司る隣のビルでは、現在流星観測の為の消灯準備が行われている筈だ。

その最中に何らかのトラブルが起きたのだろうかと推測したのだが——それが外れていると

いう事を、彼女は次の瞬間に知る。

市長室の外から複数の足音が響いたかと思うと、激しい音と共に扉が開かれ、そこから十名ほどの武装した男女が現れた。

停電の中で『武装した男女』と理解できたのは、彼らが構えていたものがフラッシュライト付きの銃器だったからだろう。

「……」

瞬時に剣呑《けんのん》な空気を察した市長は、机の引き出しに手を伸ばすが――

それを制するように、暗視ゴーグルを装着した襲撃者の一人が市長へと銃口を向ける。

「……動くな。お前の殺害が目的ではない」

淡々とした――それでいて、底冷えするような恐怖を与える女性の声だった。

市長はそれを聞いて静かに手を引き出しから離すと、執務机の上に肘《ひじ》を置きながら、存外に冷静な声で答える。

「その格好で言われてもな。目的を達成するための手段としてなら私を殺すという事だろう?」

やや苛立《いらだ》たしげな市長の言葉には、恐怖というよりも相手を焼き殺すかような熱量が感じられた。

永久凍土を思わせる襲撃者の女の声と対となり、奇妙なバランスが部屋の中に構築される。

「……そうなるな。だが、あくまで手段として必要となれば、だ」

「私が話を聞くかどうかは、君達の目的次第だ」

市長の言葉に、襲撃者の女は静かに片手を上げ、背後の仲間達に指示を出す。

すると、彼女を除いた襲撃者達は散開し、周囲の部屋の制圧へと動き出した。

「目的は、お前には関係のない事だ。だが、お前には人質の代表者となってもらう」

「……この庁舎の人間を全て人質に取るとでも？」

「いいや」

問い掛けに対し、襲撃者達の首領らしき女は小さく首を横に振った。

「人質は……この島にいる全ての人間だ」


彼女がそう言うと同時に、市長は自分の背後、窓の外から光が届いたのを室内の反射光から感じ取る。

振り返ると同時に、ビルの合間からオレンジ色に輝く光が見えたかと思うと、遅れてやってきた爆発音が市長室の窓を激しく打ち揺らした。


この瞬間、人工島『龍宮』に接岸していた船は全て爆破され――

ほぼ時を同じくして、島の外から送られたと思しき文章が、日本政府とマスコミ各社、更にはインターネットを通して世界各国へと届けられた。

目的などは一切書かれていなかったが、犯行グループの要求は至極単純なものだった。

『これより3日、人工島に手出しは無用。
軍や警察がこちらに向かう様子を察知した場合――
海が血に染まり、近隣の鮫がよく育つ事となるだろう』

第5歯

東日本某所『スパニッシュレストラン・メドゥサ』

「そろそろ、フリオ達も流星を見てる頃かな？」

テラス席の客にディナーを運び終えた後、店に入る前に空を仰ぐベルタ。

昼間の雨が嘘のように、現在は静かな夜空が広がっていた。

日が落ちる頃合いまでの土砂降りで午後の集客は予想通り散々たるものだった。だが、現在は雨が上がった事もあっていつもと同程度の客入りとなり、この後は普段通り楽団とベルタによる生の演奏と歌唱のサービスが予定されていた。

「ここからでも見えるかな？」

雨が止んだとはいえまだ雲は幾分残っており、街の光に照らされた空は流星を見るには不適切であるように思える。

繁華街などと比べれば遙かに良い条件で星空が見える海沿いなのだが、それでもベルタは、人工島に向かった弟を素直に羨《うらや》ましく感じていた。

今頃は島そのものが位置を変えて、天体観測に最適な海域にいる事だろう。

その上で島の灯りの大半を消しているのだから、星空を見上げるには最高のシチュエーションだと言っても良く、昨日まで多くの人々の間でチケットの争奪戦となっていた。

島の建設時の拠点となった縁からか、ベルタ達の住む町の小学校にはこうしたイベントの際は招待枠が設けられており、彼女の弟であるフリオは現在その恩恵に与《あずか》って人工島『龍宮』に滞在している。

続いてベルタは、海の方へと目を向けた。

「あれ？　もう灯りを消してる？　少し早い気もするけど」

普段は洋上で煌々と輝き、『炬島』とも呼ばれている人工島。

だが、現在の太平洋上には強い灯りは見えず、つい先刻まで見えていた島の形が暗闇の中に飲み込まれてしまっていた。

「？・」

奇妙だとは思ったものの、自分が流星群観測の消灯時間を勘違いしていたのだろうと考え、店の方へと向き直る。

この後は店内のステージで女性歌い手《カンタオーラ》としての仕事が待っているため、ベルタは気持ちを切り替えて着替えをしてこようと思っていたのだが——

そこで、店内の違和感に気がついた。

「……？・」

店の中の何人かがスマートフォンを片手にざわついており、一様に海側の窓の方に目を向けている。

その人の数はざわめきの広まりと共に増え始め、ついには店の中にいた客の大半が窓の方に身体を傾けている状態となった。

「え……？」

異様な光景に何か胸騒ぎを感じ取り、ベルタの足が止まる。

すると、常連客の一人が血の気の失《う》せた顔で声をかけてきた。

「お、おい。ベルタちゃんさぁ、弟の、ほら、フリオ君？　今日……『龍宮』に行ってるの？」

「え？　あ……はい」

「いや……気を強くもって見てくれよ？　ほら、コレ」

戸惑いながら答えたベルタに、常連客はさらに顔を青くしながら、手にしたスマートフォンの画面をベルタに見せる。

その画面に映し出されていたものは——

フリオが現在逗留しているはずの人工島が武装集団に襲撃され、市長である富士桜龍華を含めた島の住人と観光客達が人質として囚われたというＳＮＳの速報記事だった。

♪

人工島『龍宮』市長室

「私だけ個室とは、随分とＶＩＰ待遇をしてくれるんだな」

「……」

そんな皮肉を言う富士桜市長に対し、襲撃者のリーダーらしき女傭兵は沈黙を返す。

富士桜龍華は現在、謎《なぞ》の襲撃者達によって市長室に監禁されていた。

室内には襲撃者のリーダーらしき女傭兵が一人。

入り口の外には見張りが二名立っており、室内の隅にも市長とリーダーの様子を監視する者が一人立っていた。

何か荒事の気配があればすぐに襲撃者の仲間達が駆けつけるであろう状況の中――肝心の市長は、執務机の端に腰をかける形で、強化性プラスチックのハンドカフで両腕を後ろ手に拘束されている。

両足は腕と比べて簡易的なテープで縛られているが、シルエットと龍華の放つ威圧感だけを見れば、『足を組んで机に座り、傭兵を見下ろしている行儀の悪い上位者』のような佇まいとも言える構図だった。

「他の人質と纏めなかったのは、私に何か聞きたい事でもあるからか？」

実際、怯える様子もなく、上からの目線で堂々と尋ねる市長。

それに対し、リーダーと思しき女性傭兵は市長とは対照的な、静かな水面を思わせる雰囲気で相手の威圧を受け流しつつ答えた。

「……お前は、人を動かすのが上手いと聞いた。それがこちらの脅威となる。一緒にした人質を唆《そそのか》されたら面倒だ」

「私が皆を唆し、命懸けで君達に襲いかからせるとでも？　君は私を宗教の教祖かアイドルだとでも思っているのか？」

呆れたように言う市長。

だが、傭兵の女性はやはり淡々とした調子で言葉を返した。

「民衆に支持されている最中の独裁者のようなものだろう」

「いずれ支持されなくなるような事は言わないで欲しいね」

「今回の件で観光客が無事で済めば、その地位は安泰だろう」

遠回しに『大人しくしろ』という意図の言葉を告げる傭兵。

だが、その言葉に皮肉や嘲笑の色などは無く、ただ単純に自分の意図を伝えているだけのように受け取れた。

「……こちらは、『最初から市長はグルだった』という虚言を流す事もできるのを忘れるな」

「なるほど、市民の命、観光客の命、私の命、オマケに名誉や地位まで人質にするつもりか。だが、テロリストのそんな言葉を易々と信じるような連中なら、こちらからも願い下げだね」

すると、それまでは市長の目を一切見ていなかった傭兵の女性が、そこで初めて視線を合わせながら口を開く。

「一つ言っておく」

やはり怒りなどの感情は乗っていないが、それでも、これまでと比べるとある程度の力強い意志が籠められているように思える声で傭兵が言った。

「我々は、テロリストではない」

「テロリストは大抵そう言う」

「政治信条を基に動くのがテロリズムというものだろう。私達にそんな大層なものを期待しないでもらいたい」

「となると、あとは個人か政府、あるいは島の関連企業に対する復讐か。……いや、復讐でもないな、純粋に金目当て、あるいは誰かに雇われたか」

相手を値踏みするように見ながら、己の推測を語る市長。

傭兵は暫し考えたが、部下からの報告が来るまでの時間潰しか、あるいは市長の人となりを探ろうとしたのか、敢えてその挑発的な断定に言葉を返した。

「なぜ、そう思う？」

「復讐にしては取り纏め役の感情が薄すぎる。心を殺して復讐をする、というタイプの人間の行動でもないな。私が怨みの対象ならば既に拷問《ごうもん》でも始めているだろうし、違うのならば復讐する相手を貶《おとし》める言葉を私に吐き出していてもおかしくない」

「目的のために情報を隠しているとは考えないのか」

「君はそういう人間には見えない。だからカマをかけている」

手を縛られたまま器用に肩を竦める市長。

命の危機を本気で感じていないのか、それとも単なる虚勢なのか、傭兵はそれを判断すべく改めて市長の顔を見た。

だが、そんな傭兵の女性に、市長は不敵な笑みを浮かべて問う。

「私からの自己紹介の必要はないと思うが、君の名前は？」

「言うと思うか？」

「ストックホルム症候群というものに憧れていてね。極限状態の中で私と仲良くなれば、裁判の時、印象が良くなるように証言する事もやぶさかではない」

本気なのか冗談なのか分からない事を言う市長だが、そこで一度目を細め、相手を試すような調子で言葉を続けた。

「どの道、交渉の窓口になる気があるのなら……名前ぐらいは知っていた方が円滑に物事が進むとは思わないか？」

「……イルヴァだ」

思ったよりもアッサリと答えた襲撃者の女。

恐らくは偽名であろうと思いつつも、まずは第一段階をクリアしたとばかりの笑みを浮かべてその名を告げた。

「ありがとう、イルヴァ。良好な関係を築ける事を祈るよ」

「……」

沈黙するイルヴァを見て、富士桜龍華市長は考える。

このイルヴァというテロリストは物静かな佇まいだが、彼女からは油断や隙のようなものが欠片《かけら》も感じられない。殺戮のみを淡々とこなすプログラムを搭載した機械を相手取っているような、威圧感がないからこその寒気を覚えるタイプの人間だ。

——完全な雇われ者……といったところか。

——『ネブラ』が探りを入れてきたこのタイミング……雇い主は『ネブラ』か？

——いや、だとするとわざわざ人員を寄越す理由がない。

——ならば……『カリュブディス』。

資金だけは無駄にあると言われているあの『互助会』ならば、犯罪だろうと躊躇わない類《たぐい》の傭兵を雇う事もするだろう。

仮にそうだとすれば、目的は自《おの》ずと絞られる。

――……無事でいろよ、雫。

ここからでは状況が分からぬ海洋研究所の方に意識を向けながら、市長は古くからの友人でもある研究者の名をそっと心中で呟いた。

――そして……できる事なら、早まるなよ、、、。

そこまで考えたところで、市長は現在の街の状況を思い返し、静かに溜息を吐き出した。

――この停電が地下にまで及んでいるとしたら……。

――もう、『箱』は開いてしまった後なのかもしれないな。


♪

海洋研究所　上層部

「それで？」

バンダナの男が、タバコを咥《くわ》えながら言った。

「紅矢倉博士ってのぉ、今どこにいるんだ？」

「わ、私は知らない！　さっきまでは、誰か客の相手を……」

そう言う事務員の男の顔をペチペチと叩き、バンダナの男は言葉を続ける。

「いや、そんなら気を使って誰なら分かるのか紹介しろよ。指示待ち人間って奴か？　こっちが何から何まで指示しないと動けないのかい？」

「で、でも、さっき勝手に動くなって……」

事務員の男が、チラリと視線を横にずらす。

すると、そこにはバンダナの男が持つアサルトライフルの銃身が揺れており、その奥には、抵抗しようとしたのか、血溜まりの中で動かなくなっている警備員の姿があった。

「時と場合によるでしょうよぉ。俺がさっき言った『勝手に動くな』はイコール『反抗すんな』って意味だって、わかるでしょ？　わかんない？　それすらわかんないガチガチのマニュアル人間なのかい？　いや、俺ねぇ、説明書って読まずに捨てるタイプなんだわ」

ゆっくりと銃口を持ち上げる男の声に、事務員は悲鳴交じりに答える。

「ひぁ……ま、待って下さい！　い、今、資料を調べれば携帯電話の番号……番号！　分かりますから！　すぐに掛けます！」

事務員の周囲には、研究所に残っていた科学者や助手、果ては抵抗を諦めた警備員までが集められ、床に伏せさせられている。

彼らの手はハンドカフで縛られており、座らされている事務員の男以外、話は疎《おろ》か身動きすら許されていないような状況だ。

停電と同時に雪崩《なだ》れ込んできた、暗視ゴーグルを着けた武装集団。

残されていた人数が少なかった事もあり、あっさりと制圧された彼らに最初に突きつけられた要求こそが、『紅矢倉雫を出せ』というものだったのだが——肝心の本人はこの区画にはおらず、事務員が必死に言い訳を語り続けていた。

バンダナの男は、そんな事務員の叫びに肩を竦めながら舌打ちをする。

「あー……今はまだ携帯使えねぇよ。分かるだろ？　これが普通の停電じゃねえってよ。携帯の電源は入るが、基地局が停電してたら意味ねえだろ？　なあ？　昔あった衛星電話ならともかくよ」

小馬鹿にするような物言いをした後、バンダナの男は天井に一発銃を撃った。

人質達の間で悲鳴が上がり、事務員の男が半泣きで身体を蹲《うずくま》らせる。

「はい、次は誰かの頭が吹き飛びますけど？」

気だるげな若者のようなノリで言う襲撃者の言葉だが、そんな男が銃を持っているという事が逆に恐ろしく、少しのきっかけでその銃口が自分に向くのではないかという不安が事務員達の心を揺さぶった。

「紅矢倉博士の居場所、分かる人、誰かいますー？」

やがて、恐怖に耐えきれなくなった一人が声を上げる。

「ね、ねね、『ネブラ』の学芸員と一緒に、ち、ち、地下の機密区画にっ……！」

「おう、よくできました」

バンダナの男はゆっくりと拍手をし、その言葉を吐いた学芸員を立ち上がらせる。

「よし、ご褒美だ。出ていっていいぜ？」

「え？　あ、あ……」

「行けっつってんだよ。残りたいのか？」

「ひっ……！　は、はい！」

事務員の女性は恐怖と戸惑い、安堵と罪悪感が複雑に入り交じった表情を浮かべた後、出口へと向かって走っていった。

――馬鹿な。

――後ろから撃つに決まってる。

他の人質達はあっさりと一人解放した事が信じられずにそんな想像をしたが、バンダナの男は襟元の無線機に手を伸ばし、襲撃者の仲間達へと指示を出す。

「俺だ。女を一人研究所から出してやる事にした。捕まえる必要も殺す必要もねえから外に出してやれ」

そんな言葉を聞いた人質達は、床に転がりながら戸惑いと後悔に包まれる。

自分が先に教えておけば良かったという思いと、それでも研究所の同僚を売り渡すのは躊躇われるという思い、本当にあの事務員は逃げ切れたのだろうかという不安の入り交じった顔で互いの顔を見合わせていた。

バンダナの男が人質達から少し離れると、仲間の男から小声で話しかけられた。

「……いいんですか？　本当に逃げましたけど」

「ああ、ここにいる奴らは知らないだろ？」

嫌らしい笑みを浮かべ、やはり小声で答えるバンダナの男。

「研究所から出たとしても、島の中にいる限り意味はねえって事をよ」

「……まあ、それは確かに。ですが、ここに島の中にいる警察が集まりますよ」

「それならそれで、市庁舎の方が手薄になるからいいんだとよ。警察がここの表に陣取ったところで、俺達にはちゃんと逃げ道があるだろ？」

「それもそうですね」

納得したように頷いた男に対し、バンダナの男が次の指示を出した。

「博士は機密区画だ。丁度良い。エレベーターは動かねえが……」

バンダナの男の携帯端末に、精密な研究所内の立体地図が表示される。

「西区画の海洋直結層を通り抜ければ、非常階段がある。四人連れて、紅矢倉博士と……『例のデータ』を丁重《ていちょう》にお出迎えしろ」

地図に示された経路を再確認している部下に、バンダナの男は下卑《げび》た笑みを浮かべながら言い直した。

「データのパスワードに生体認証があるかもしれねえから、マジで丁重に扱えよ」

「殺すのは構わねえが……最悪、手首と頭だけは吹き飛ばさないようにしとけよな？」


♪

機密区画

「こっちに、バッテリー式の非常システムがあるはずだ。照明と非常口への扉の開閉ぐらいにしか使用できない簡易的なものだが……」

暗闇に包まれた、海中の機密区画。

その中に閉じ込められるかたちとなった研究員の紅矢倉博士とラウラ、そしてウィルソン山田と名乗る招かれざる客の三人だったが、存外に落ち着いた様子で携帯電話のライトを頼りにして暗い通路を進んでいた。

落ち着き払った雫を先頭として進む三人だが、ラウラ達は今一つ安心しきれぬらしく、不安を隠すかのように会話に加わった。

「それにしても、何があったんでしょうね？　先輩」

「今日は流星観測という話でしたが、その、こんな場所まで消灯するわけないですよね」

二人の言葉に対し、雫は歩みを止める事もないままアッサリと答える。

「まあ、悪意のある襲撃だろう。しかも、島の関係者も抱き込んだ本格的なものだ」

「……はい？」

呆けた顔をするラウラに、雫は淡々と言葉を続けた。

「非常用電源は、感染症研究所と同じ規模のものを使用している。落雷や津波などの災害で島の発電所が完全に機能を停止した後でも、三日はフル稼働を続けられる非常用電源システムが二機配備されてる。その回路までイカれたというなら、そのシステムや配線すら完全に把握した者達による意図的な攻撃以外は有り得ないだろう。核兵器によるパルス障害なら、携帯もオシャカになっているはずだからね」

「そ、それって島がテロリストに襲われたって事ですか!?」

「政治的な目的があるならテロリストだろうな。だが私の見解は違う」

「……なんですって？」

「山田君と言ったか？　君の情報が確かなら……『誘拐犯』どもの狙いは、恐らくこの研究所だろうね」

溜息交じりに吐き出された雫の言葉に、ラウラが首を傾げる。

「？　？？　どういう事です先輩。誘拐犯って……」

「カナデを……ああ、すまない。カナデというのはコードネームのようなものだが……つまりは『ヴォイドの子』とその研究データが連中の目的だろう」

「……『カリュブディス』の仕業だと？」

「ああ、遺体の標本を想定していたのかもしれないがね。生きているあの子が目当てというのなら、テロリストでも強盗でもなく『誘拐犯』だ。イタリアには誘拐を収入源としてシチリアマフィアやカモッラと並ぶギャング組織にまで成り上がったヌドランゲタという一派があるぐらいだ。こんな大掛かりな誘拐事件を起こす犯罪組織があったっていいだろう」

飄々とした調子で語りながら目的の場所に辿り着いた雫は、バッテリー式の簡易電源のパネルを操作して最低限の照明を起動させた。

先刻ほどではないが、十分に明るくなった周囲の様子を見て安堵するラウラ達。

「はぁ、明るいっていいですねえ。これ、研究所全部の灯りが点《つ》いたんですか？」

「いや、この機密区画と、海上に続く非常階段と海洋直結区画だけだね。本棟の方は本棟の方で別のバッテリーがあるから」

「その……灯り以外のシステムはどうなんです？　ぶっちゃけた話、その『ヴォイドの子』に関するシステム回りとか……」

恐る恐る尋ねる背後の男に、雫は自信に満ちた笑顔で答えた。

「そのあたりは、完璧に決まっているだろう？」

「ああ、そりゃそうですよね、ハハ」

「大事なカナデの命に関わる事だからな。私の生命維持よりも優先すべき事項だ」

「それは言い過ぎですよ、先輩」

背後の二人の言葉を聞きながら、雫は再び歩き出す。

「何せ、普段はチューブなどを通して電気制御のシステムで酸素や栄養を送っているからね。非常電源まで全てがストップした時に生命維持が難しくなる」

「……？」

ラウラ達はかすかに違和感を覚えたが、その違和感の正体が何かを探る前に、雫は威風堂々《いふどうどう》とした調子で『ヴォイドの子』がいた水槽に目を向けつつ、言葉を続けた。

「だからこそ……私が無理を言って、非常時での最優先事項にしてもらった」

♪

数分前　海洋直結区画

「これ、海に繋がってるのか？」

「ああ、並のトンネルよりでかいパイプで海と直接繋がってるんだとよ。だから、俺達を回収する潜水艇もここに来る予定になってる」

「はっ……御丁寧に脱出路付きとは、占拠しがいのある施設だなオイ」

五人のチームになった襲撃者達が、地下の機密区画へと続く非常階段へと移動している。

その最中、いくつかに仕切られた広大なプールの間を渡る橋のような通路に出て、その広い空間と膨大な水の持つ圧力にあてられたのか、数人が無駄口を叩き始める。

「人体実験とかでもしてんじゃねえのか？　この施設よぉ」

「死体処理は楽そうだな。ここに投げ込むだけでいいんだからよ」

「足を滑らせないように気を付けろ。落ちても助けには飛び込まねえぞ」

フラッシュライトで足元を照らしながら歩く男達だが、その最中に天井と壁、海に直結したプールの縁につけられた照明が点灯した。

「お……？　電源の回復はまだだよな？」

「機密区画のバッテリーを作動させたんだろう。どうやら、博士が機密区画にいるのは間違いないらしいな。警備が残ってる可能性もある。油断するな」

「どうする？　最初は助けに来た優しい救助隊のフリでもするか？」

「銃を持ってか？　誰が信じるんだよ」

「にしても、例の博士、資料の前にもテレビで見た事があるんだが、いい女だよな」

最後尾を歩く傭兵が下卑た笑みを浮かべ、仲間の一人がそれを窘める。

「変な気を起こすなよ？　丁重に、だからな」

「頭と手は、だろ？」

「まあ、どうせ最後には始末するんだろ？　ならその前に少しぐらい楽しんだっていいだろ」

ますます顔を欲望に歪ませた傭兵の言葉に、先頭を歩く男が首を振った。

「そうと決まったわけじゃねえさ。もしも反抗しなくて大人しくデータを明け渡したらよ、始末するかどうかの最終判断は『上』がやるそうだ」

「イルヴァの姐御か？」

「いや、姐御じゃねえ。……雇い主様がわざわざ指示を下さるんだとよ」

「なんだよ、なら、反抗してくれねえかな？　まずは服をこのナイフでビリビリに裂いてやってよ、あの色っぽい身体から義手をむしりとってやったら、どんな顔で泣くと思う？」

意味もなくナイフを抜きつつ、ますます自分の歪んだ欲望と妄想を曝《さら》け出す最後尾の男。

彼は気付かなかった。

先頭を歩く男も、周囲を警戒していた他の三人も、誰一人として気付けなかった。

薄汚い肉欲に塗れた言葉が第三者によって聞かれているという事に。


そして、声に引き寄せられたその者の背びれが、海中から僅かに覗いていたという事にも。


バシャリ、と水音がしたかと思うと、最後尾の傭兵の手に何かが絡み付いた。

「うお!?　な、なんだ!?　畜生！」

慌てて腕を振ると、直前まで絡み付いていた『それ』が、ナイフと共に落下した。

通路から一段下がった所にある、海中と直結した水槽の縁《へり》。

ナイフの横にへばりついたそれは、一匹の小さなイカだった。

「なんだありゃ!?　イカ!?」

「……そういや、イカって水面を飛ぶって聞いたな」

「畜生！　脅かしやがって！　踏み潰してやる！」

「おい、そんな事してる場合か」

「どの道、ナイフも落ちちまった……ああ、くそ、生臭くなってねえだろうな」

自分のナイフを回収すべく、水面の側へと一人で降りる傭兵。

「手間取らせやがって、あの博士の前に、手前をグチャグチャにしてやるよ！」

無事にナイフを拾った後、苛立ちをぶつける為に結局イカを踏み潰そうと足を振り上げ――


次の瞬間、振り上げた彼の右足が嚙み千切られた。


水中から突然現れた、巨大な顎によって。

「ぐお……。は……？」

よろめいて倒れた男は、一瞬何が起こったのか分からなかった。

だが、遅れて襲ってきた激しい痛みと、目の前に飛び散った鮮血で己の身に起こった事を理解する。

「がぁぁあああ!?　な、な……サメ……手前……オレの足……！」

興奮してアドレナリンが溢れ、切断された足の痛みの中でも罵《ののし》りの言葉を吐き出す傭兵。

「畜生……畜生！　テメェ！　かえ……返せ畜生！　俺の足ぃぁあぁあ！」

そして、水中にまだ見える背びれへと向け、地面に倒れたまま腰から抜いた拳銃を発砲する。

しかし――それは、ただのサメではなかった。

放たれた鉛弾《なまりだま》は――その大半が弾かれた。

その奇妙なサメの目と体躯《たいく》を覆う鋼鉄製の拘束具と、存在していない下顎の代わりに装着された、やはり鋼鉄で造り上げられた『人工の顎』によって。

「な、なん……」

次の瞬間、サメの巨体が水面から勢い良く跳び出し、広大なプールの縁へとその身を踊らせた。

鋼鉄の顎に付けられた鋭い刃は、まるでナイフのように鋭く――倒れていた男がその猛攻を避《よ》けられるはずもなく、己が先刻ターゲットの博士に対して妄想していたのと同じように、服をバラバラに引き裂かれる結果となった。

もっとも――服だけではなく、肉も骨も纏めて引き裂かれる結果となったのだが。

♪

機密区画

「こ……これは……？　ど、どういう事ですか!?」

「せ、先輩!?　さっき、対処は完璧だって言ってましたよね!?」

焦った声を出すラウラ達とは対照的に、紅矢倉雫は、心底安堵したように口を開く。

「ああ、完璧だ。ちゃんと、想定通りにシステムが働いてくれたようだ」

彼女達の目の前にあるのは、先刻まで『ヴォイドの子』が蠢いていた巨大な円柱型水槽。

だが、現在そこに漂っているのは、チューブや配線、その先に取り付けられた生命維持用の器具だけだった。


「え……？　あ！　そ、そうか！　もしもの時は殺処分するって事ですか!?　生命維持装置が外れたから……もう、海底で死んでるって事……」

そこまで言いかけて、ラウラは黙り込んだ。

殺処分、という単語を口にした瞬間に雫が目を細くして悲しげな顔をしたというのもあるが、先刻の会話の違和感の正体に思い至ったからだ。

ラウラ達は、『いざという時にそんなに危険なサメが逃げ出さないようになっているのか？』という意味合いで『対処』を考えていたのだが、雫は一貫して『サメの命こそが最優先』であるかのように語っていた。

それはつまり——

「停電状態では酸素を含んだ海水をヒレに供給する事もままならないからね。仮に非常電源も含めて全てのシステムが停止した時は……全ての拘束が解けるようにしておいたんだ」

どこか嬉しそうに語る雫は、ただ、ただ、円柱の水槽の底から覗く闇を見つめている。

「海への道も全て開いている。……良かった」

実験体のいなくなった水槽を前にして、雫は愛する弟に向けていたものと同じ微笑みを浮かべながら呟いた。

「あなたはもう自由だよ、カナデ」

第6歯

人工島『龍宮』中央区画

「どうなってる……聞いていた規模の消灯とは違うな……」

数日前にラウラと雫の過去について話していた研究員——クワメナ・ジャメは、周囲の人々の間に混乱が広まっていくのを感じながら呟いた。

「これでは、消灯というより停電だ」

故郷であるナイジェリアを離れ、世界各地を渡り歩いた後に『龍宮』の研究員として採用されたクワメナは、研究所でも雫の同期にあたる古株だ。

己の業務を早めに終わらせた彼は、故郷で見た星空と比べて郷愁に浸《ひた》ろうと予約したテラスの席に向かっていたのだが、まだ時間前だというのに灯りが消え、道の中央で大勢の観光客達と共に立ち往生する形となっている。

「研究所は大丈夫か？　所長は島外に出ている筈だが……」

携帯に目を向けるが、圏外となっていた。

恐らく、停電により基地局の電波も一時的に途絶えている状態なのだろう。

「やれやれ、こうなってくると衛星通信が恋しくなるな」

周囲の視認に対して星灯りと携帯電話のライトだけが頼りである現在、クワメナは慎重に歩を進めて研究所のある方角に向かう事にした。

そして、観光ルートではない為に人の気配が少ない通りに差し掛かった所で、クワメナは前方からフラフラと歩み寄ってくる影に気付く。

「あ、く、クワメナ主任！」

怯えながら背後を気にしていた女性研究者は、そう言うとその場に崩れ落ちながら嗚咽《おえつ》を漏らし始めた。

「お、おい、どうしたんだ？　何があった⁉」

ただ事ではないと感じ取ったクワメナは、自らもしゃがみ込んで研究者と視線を合わせる。

「わ、私、私は、雫さんを裏切って……で、でも、まだみんな捕まってて、私、後ろから撃たれるんじゃないかって怖くて、あ、あぁぁあぁあぁあぁぁ！」

混乱しているのか、思い浮かんだ言葉を次から次へと吐き出している部下だが、それだけでクワメナには『ただ事ではない何かが起こっている』と察せられた。

そして、遠目に見える研究所も暗闇に包まれているのを確認し、掌に汗を滲ませる。

「まずいな……」

襲撃者や停電の事よりも先に、その結果が意味する事態を予測して。

「解放されたのか……？　『ヴォイド』の系譜が」

♪

研究所　地上区画

無線機のバイブレーション機能により着信に気付いた副官のバンダナをした男は、『博士の確保にしてはヤケに早いな』と思いつつ、無線の通話をオンにする。

すると、ノイズキャンセリングされたイヤホンから響く男の悲鳴が副官の鼓膜を激しく震わせた。

『べ、ベルトランさん！　サメ……サメです！　ゾルフが……サメに食われました！』

「あぁ……？」

襲撃者達の副官――ベルトラン・ラブレーは眉を顰《しか》め、相手の無線機の奥から聞こえて来る複数名の怒声を耳にする。

確かに、ゾルフと呼ばれた男の声はその中に交じっていなかった。

常に酒で喉が焼けているような声は欠片も拾えず、代わりに他のメンバーの『畜生、どこに消えた！』『殺していいのか!?』『今ベルトランさんに指示を仰いでる！　黙ってろ！』と言った言葉がベルトランの頭を揺らす。

「……おい、待て。食われたのは……まあ、今はいい。それより〝サメ〟って言ったか？」

『は、はい！　頭に変な鎧みてえなパーツを付けた……どでかいサメです！　下手な車よりでかく、ゾルフがあっという間に噛み砕かれて……』

仲間の凄惨《せいさん》な死に様を聞かされたベルトランは、研究フロアの隅《すみ》へと移動して会話を続けた。

「落ち着け。サメはどうしてる？」

『水に潜っちまって……今どこにいるのか……。あ、ああ、そうだ！　半分床に乗り上がってゾルフを食いやがったんです！　いつまた出てくるか……』

明らかにパニックを起こしている部下の声を、ベルトランは冷静に分析する。

――こいつは、仕事で何度も銃撃戦を経験してる。

――隣で仲間の頭が吹き飛ばされた時でもここまで焦っちゃいなかった。

――ボスには遠く及ばないとはいえ、それなりに肝が据わった傭兵をここまでビビらせるもんがいたって事かよ。

そして、即座にその正体に思い至り――――ベルトランは額に巻いていたバンダナをグイ、と引き下げ、己の口元を隠す形につけかえる。

バンダナの下に浮かべた、これまでで最も嬉しそうな笑みを他者に悟られぬように。

──危ねぇ危ねぇ、仲間が死んじまったってのに、笑いが止まらねえや。

ベルトランはニイ、と目を細めながら、部下に対して言葉を紡ぐ。

「生きてるんだな？　そのサメは」

『え？　は、はい、撃ち殺そうとしたんすけど、すぐに水ん中に……』

「そいつは、ボーナスだ」

『ぼ、ボーナス？・』

戸惑う部下に、できるだけ淡々とした調子で伝えるように努めるベルトラン。

「通りすがりのサメがそんなナリをしてるたぁ思えねえ。間違いなく『ターゲット』の一部だ。

当然、例の博士とデータが主目的だが……もしも、『生の資料』があるなら、そいつも買い取ってくれる手筈になってる。生きた個体なら1000万ドルって話だったが、そんなサイズじゃお持ち帰りは無理だ。殺すのは構わねえ」

ここで欲を掻いて『なんとしても生け捕りにしろ』と命じるような男ならば、ベルトランは副官の位置にまで上り詰めてはいないだろう。

彼は欲深い男だが、不可能なラインの見極めがしっかりできるからこそ、リーダーであるイルヴァと並んで荒くれ者達の上に立ち続けられるのだ。

無論、それを裏打ちする実力も持ち合わせている。

故《ゆえ》に──ベルトランは仲間を食い殺したばかりのそのサメを、『殺す』事が不可能だとは考えなかった。

「手段は問わねえが、なるべく原型が残る殺し方で始末しろ。映画みたいに爆弾食わせてボカン、じゃグラム幾らで買い叩かれるだけだ。ヒレや歯でも10万ドル単位、脳味噌や内臓の一部なら50万ドルから値を付けるって話だ」

『マジですかい、旦那』

「おいおい、金の話した途端に冷静になるんじゃねえよ」

呆れたように苦笑しながら、ベルトランは皮肉の言葉を口にする。

「金を見ないまま食われちまった、ゾルフの奴が可哀想だろ？」


♪

海洋直結区画

リズミカルにリズミカルに、仲間の身体をサメの巨大な顎《あぎと》が砕き呑む。

咀嚼《そしゃく》音が悲鳴をも呑み込み、沈黙が訪れると同時にサメの巨体が海中に消えた。

そんな数分前の光景を思い出しながら、残り四人となった傭兵達は水から離れた場所に散開する。

先刻のあのサメの動きを目の当たりにして、わざわざ水辺に近づく愚者はいない。

さりとて、悲鳴を上げて逃げ出す程に憶病でもない。

ある者は上司の指示に従う為。

ある者は仲間の仇を討つ為。

ある者は純粋に金目当てで。

それぞれの理由を胸に抱きながら、傭兵達は灯りに照らされた海面に警戒の目とアサルトライフルの銃口を向けている。

「いいか！　水辺には近づくな！　所詮は魚だ、空を飛んでくるわけじゃない！　金属の隙間……口の中にありったけの弾丸をぶち込んでやれ！」

警戒しつつ水面を見るが、部分的に復旧した照明は想像以上に明るく、穏やかに揺れる水面をギラギラと照らして水中の視認を困難にしていた。

そのまま一分ほど経過したが、水面に動きはない。

「なあ」

「なんだ」

緊張した面持ちのまま、傭兵達が言葉を交わす。

「さっきのイカ……あれ、偶然か？」

「……何が言いたい」

ゾルフが食われたのは、彼が水辺にまで降りた事が原因だ。

だが、そもそも水辺に近寄った理由は、水面より飛び出してきたイカに絡み付かれ、ナイフを取り落とした事にある。

「意図的にやったんじゃないかって思ってよ……」

「ふざけてるのか？　サメとイカが打ち合わせして、作戦通りにゾルフを挑発したってのか？」

「そうは言ってねえよ！　ただ、イカをこっちに飛び出すように追い立てたのは、あのサメなんじゃねえかって……」

「ゾルフを挑発する為にか？　魚にそんな脳味噌があってたまるか」

鼻で笑う傭兵だが、彼もまた、不気味な雰囲気は感じていた。

仮にゾルフが狙われたのだとしたら、大声で喋《しゃべ》っていたからだろう。

頭の中でそう推測した所で、傭兵はふと思う。

――いや……サメってそもそも、耳あるのか？

生物学的知識の無い自分があれこれ考えても無意味だろうと判断し、自嘲気味に首を振ったその瞬間――
水面が突然爆《は》ぜ、散開した傭兵達のうち半数を激しい水飛沫が包み込んだ。

♪

機密区画

「サメはね、耳がいいんだ」

呆然としているラウラ達の前で、紅矢倉雫は空になった円柱の水槽に手を当て、楽しそうに楽しそうに語り始める。

「サメといえば血の匂いと関連付けて『嗅覚』をイメージされがちだけど……実は聴覚の方が優れている。場合によっては、サメ特有の電気を感じ取るロレンチーニ器官よりも重要になったりするんだ」

「え……あの、せん、ぱい？　何を……」

突然サメの生態について語り始めた雫に対し、ラウラがかろうじて正気を取り戻して問い掛けた。

だが、雫はそんな呼び掛けに振り返ると、楽しげに笑いながら言葉の続きを口にする。

「カナデは、人間は言うに及ばず、同じサイズのサメと比べても、とても耳が良かった……。水槽の外から呼びかけても、こちらの会話にきちんと反応してくれたよ」

ツイ、と指を水槽に這わせる雫。

ある種の艶《なま》めかしさすら覚えるその仕草のまま、彼女はガラス面に映る自分の鏡像に語り掛けるように、恍惚《こうこつ》とした微笑みで『ヴォイドの子』について語り続けた。

「所長や市長は懐疑的だったが、私は確信している。カナデは、ちゃんとこちらの言葉を理解しているとね」

「いや、いやいやいや！　待って！　待って下さい！　何の話をしてるんですか！」

ウィルソン山田と名乗るネブラの学芸員という男も、今はただの混乱した一般人の顔となって雫の背に叫ぶ。

だが、責めるような声に対しても雫は動じず、『自分は全てをやり遂げたのだ』という穏やかな顔つきのまま背後の二人に振り返った。

「もちろん、カナデ……まあ、さっきまでここにいた稀有《けう》なるサメの話さ」

「サメが、人間の言葉を理解すると？」

「状況証拠がそれを物語っているんだよ。まあ、勿論サメの脳は人間と形状が違うが、それが知能の上下を決める全てではないさ。例えば、クジラの脳の大きさが人間の何倍もあるのは、熱生成の為だという説もある。冷たい海中では、哺乳類の神経細胞機能の効率化に熱が欠かせないからな。故に、大きいからといって必ずしも人間よりも賢いとは限らないわけだが……賢くないとも言えない。いや、そもそも何をもって『賢い』とするかを定義しなければいけないわけだが――」

「話がズレて行ってますよ！　いや、今はそんな事より、サメを逃がしちゃった事の方が重要ですよ先輩!?　どうして人食いザメを海に放すような真似《まね》を！」

ラウラの言葉に、雫は真剣な眼差《まなざ》しで答える。

「まだ、あの子は誰も食べていないよ。……確かにこの時点で傍に人間がいるなんて事があればもう食べているかもしれないが……少なくとも、解放した瞬間は『人食い』じゃなかった」

理屈を並べたてるが、『あの子は人を食べたりはしない』とは一言も言わない雫。

故に、彼女は楽観主義からそうした発言をしているのではなく――次第に厄介な状態になっているのを理解してなおこの態度なのではないかと考え、青年は呼吸を整えながら雫に言った。

「……正気ですか？　もしも、あの個体が人を襲ったら……あなたは人類の敵も同然ですよ？たとえあなたが直接殺したんじゃないにせよ、遺族はあなたを許さないでしょう」

「だろうね」

「だろうね……と言われましても」

アッサリと答える雫に、青年は頬をひくつかせる。

己の予想した通り、雫が本当に厄介な状態に成り果てていると確信したからだ。

「恨むのも憎むのも当然の権利だろう」

「改めてお尋ねしますが……正気ですか？」

「さてね。私は確かにイカれているのかもしれない。冷静に考えても……まあ、私があの子を自由の身にした事は、倫理的にも論理的にもまともじゃあないんだろうね。捕らえていた生物を自然に帰したと考えれば善かもしれないが、あの子が人を傷つければその時点で社会的に私は確実に悪人だ」

自嘲気味な笑みと共に目を伏せた後、雫はゆっくりと顔を上げる。

そこから笑みは消え去っており、力強い目で二人を——いや、あるいは世界そのものを見据えながらハッキリと己の立ち位置を宣言した。

「だけどね、私はそんな事は百も承知でネジを外したんだ。頭のネジも、倫理のネジも、世間体のネジもね。恨まれ、蔑《さげす》まれる程度で前に進めるのなら、私は世界中を敵に回しても一向に構いはしない」

「まさかとは思いますけど、先輩……さっきのサメと、本当にその……意思疎通《そつう》っていうか……心が通じてるなんて思ってないですよね……？」

恐る恐る尋ねるラウラに、雫は再び苦笑を浮かべながら言葉を返す。

「まさか、そこまで私は夢想家じゃない」

「で、ですよね」

「人間同士だろうと、家族だろうと、心が通じる事など稀有な事例だよ。ただの押しつけだ。だけど、私は一方通行だろうと、心は常にカナデに向けているよ」

「……」

やはり致命的なズレがあると感じて黙り込むラウラに、雫は困ったように笑いながらその頬を優しく撫《な》でた。

「善悪の問題じゃあない。あの子に全てを捧《ささ》げる事が私にとっての正義というだけさ」

それを聞いた青年が、ようやく落ち着きを取り戻しつつ、疲れ切った顔で精一杯の皮肉を口にする。

「確認するまでもなく一方通行でしょうね。向こうにとっては、博士もただの餌でしょうから」

雫はその言葉に一度キョトンとした目をした後、一際穏やかな笑みを浮かべて言った。

「ああ……そうだな。それも、何度か考えた事があるよ。結論はいつも同じだ」

「はい？」

再び戸惑う青年に、雫は己の胸に義手を当てながら目を伏せる。

「あの子を形作る栄養素になれるなら……それはそれで構わない……ってね」

「……まともじゃありません。自然に返したといえば聞こえはいいですが、そもそもあれの親である『ヴォイド』は自然の存在じゃない。どれだけ人の手で弄《いじ》られた存在か、あなたなら知っている筈です」

責めるように言う青年に、雫は真摯《しんし》に答える。

「当然だね。だが、あの子自身はその『ヴォイド』の胎《はら》から大自然の海で生まれた。母親の形質を引き継ぎ、より盤石に己の身体に適合させた形で」

「……？」

それを聞き、青年は言葉を一度止めて考える。

やがて、言葉の意味を理解し、顔をより一層青くしながら問い掛けた。

「待って下さい。ネブラでも遺体の一部は分析していますが……。まさか、引き継いでいるんですか？　あの『器官』の数々を？　しかも、その……より適合させたという事は、月並みな言い方で申し訳ありませんが」

ゴクリと唾を飲み込み、青年は意を決したように言葉を吐き出す。

「バ、バージョン、アップ、していると？」

「勿論だとも」

力強く頷いた後、雫は少し寂しげに呟いた。

「だからこそ……特殊な装備無しでは、一緒に泳ぐ事もできなかった」

♪

海洋直結区画

——何が起きた!?

傭兵の一人が、撥ね返って目に入った海水を拭いながら周囲の状況を確認する。

すると、仲間のうち二人が通路の上に倒れていた。

一人は陸に打ち上げられた魚のように痙攣《けいれん》しており、もう一人はピクリとも動いていない。

——頭でも打ったのか!?

——水飛沫に足を取られた……?

——いや、今の飛沫の勢い……そこまでには見えなかったぞ!?

「おい、しっかりしろ!」

声を掛けるが、反応はなかった。

より近場にいた痙攣していない方の仲間に駆け寄り、脈を取る。

——!

——死んでる……? まさか!?

脈動が一切感じられない。

心臓が一時的に止まっているだけか、それとも即死しているのかは判別がつかない。

そこで傭兵の男は、更なる異常に気付いた。

「あ……あぐ……あ……」

声にならない声を上げたのは、少し離れた場所に立っていた別の傭兵だ。

立っていた別の一人は足元をガクつかせており、バランスを崩すように通路から前のめりに倒れ——そのまま水面に近い足場へと落下した。

だが、その身体が床に激突する事はない。

水面から現れた巨大な顎が、空中でその身体に食らいつき、残った傭兵が銃を構えるよりも早く、身体を捻《ひね》りながら水中にその姿を消し去ったからだ。

「くっ……！」

咥《くわ》えられた仲間に銃弾が当たるのを危惧《きぐ》し、一瞬躊躇った事が仇《あだ》となる。

一発も銃弾を撃つ事なく、みすみすサメに仲間を奪われてしまった。

倒れている二人もサメに何かされたのだと考えれば、もはや動けるのは自分一人となる。

「なんだ……何をしやがったんだ……！」

焦りながら叫ぶ男は、サメの姿を追うべく銃を構えながら水面を見た。

だが、やはり暗い水中を見渡すのは困難であり、サメの背びれを発見する事もできない。

すると、傭兵は妙な事に気付いた。

サメの代わりに、小型の魚類が複数、水面に浮かび上がってきたのである。

横に倒れている傭兵仲間と同じように、ある魚は身体をヒクつかせており、ある魚はピクりとも動かず死んでいるかのように身体の側面を上にして浮いていた。

「……」

傭兵の男は、己がそうした魚の状態を知っている事に気付く。

かつて傭兵になる前、治安の良くなかった地元の川で行われていた、違法漁の光景を思い出したのだ。

「まさか……」

その漁法とは──

水中に強い電流を流し、魚群を気絶させて浮上させる、所謂《いわゆる》日本で『電気《ビ》ショック《リ》漁』と呼ばれている代物だった。

そして、傭兵はつい今しがた見たものを思い出す。

水面から突如として上がった巨大な水飛沫。

自分は撥ね返った飛沫が少しかかった程度だが、倒れている二人はもろにそれが直撃する位置にいた。

ふらついていた一人も、一瞬だけ直接浴びていたように思える。

そして、サメの下顎には、機械的なパーツが取り付けられていた。

獲物を内側に引き込むような、回転式のローラー状の刃だったように見受けられる。

不思議だったのは、その凶悪な絡繰りが、確かに稼動していたという事だ。

そこから導き出されるのは、一つの推測。

だが、あまりにも突拍子もない考えだったため、傭兵は半信半疑で独りごちた。

「デンキウナギ……？　いや……サメ、だったよな？」

自分が幻覚を見ている可能性を捨てる事ができぬまま、傭兵は更に水面から遠ざかるように己の身を隠し、ベルトランに報告すべく無線機に手をかける。

あれがサメだとしても、あるいはサメのように巨大なデンキウナギだったとしても——

どの道、自分一人ではどうにもならない存在だと確信しながら。


♪

人工島『龍宮』中央区画大通り

「落ち着いて！　大丈夫だから！」

引率の教師が言葉をかけるが、子供達のざわめきは止まらない。

八重樫フリオも、そんなクラスメイト達の様子に感化されて不安を徐々に募らせていく。

流星観測の会場に到着するよりも早く、島中の灯りが消えてしまった。

もう流星観測が始まってしまうのかという焦りに似たざわめきは、時間が経つにつれて何かが起こっているという不安のざわめきへと変化していく。

「お姉ちゃん……」

フリオは不安になって、つい本土に残っている姉の顔を思い出した。

彼だけではなく、誰もがこの状況に対する何らかの説明が欲しいと考えていたのだが――

やがて、その願いは叶う事となる。

もっとも、救いの言葉ではなく、絶望的な宣告として。


『ハイハーイ、可哀想な人質のみんなー。落ち着いて落ち着いてー』


それは、島の各所に取り付けられた防災緊急放送用のスピーカーから聞こえてきた。

だが、そのスピーカーの周辺の街灯などは消灯したままで、明確な意図をもってスピーカーだけ電源を復旧させたという事が窺える。

機械音声でも役所の人間らしい丁寧な言葉でもなく、それはどこか惚《とぼ》けたような調子で喋る、若い女性の声だった。

『皆さんは、強盗事件の人質になっています。私達のリーダーはとっても優しい人なので、大

人しくしてるなら皆は数日以内におうちに帰れまーす。トイレとかは自由に使っていいけど、島から出るのはダメ、港に近づくのもダメ、銃を持ってる人には逆らっちゃダメ、まあ最後のはまともな脳味噌してるなら当たり前だよね？　映画みたいに勇気を出すのはオススメしませんが、今からその理由を説明しまーす』

民衆に理解させるつもりがあるとは思えぬ物言いに、島民は何かのショー、あるいは流星観測に際してのイベントの一貫なのではないかと顔を見合わせていたが——

『この国の言葉だと、ひゃくぶんはいっけんにしかず、だっけ？　イイ言葉だよねー、ハイ、ボーン』

その言葉から数秒立つと、暗闇に包まれていた島に光が生まれる。

観光ルートから離れ、現在人がいない区画の倉庫やビルの屋上など、合計20ヶ所あまりが派手な爆炎に包まれたのだ。

一瞬遅れて、爆発による轟音《ごうおん》が人々の耳に届く。

自分達から大分離れた場所だが、島の四方八方で同時に起こった爆発。

それが意味するものを嫌という程に理解し、自分達が置かれている状況を把握した観光客や島の住人達は、皆泣き叫んだり呆然としたり様々な反応を見せていたが——襲撃者達を探して打倒しようと動く者は、現在のところ皆無であった。

『誰かが暴動とか起こしたら島が沈んじゃうから、大人しくしててね？　お互いに見張ってなきゃダメだぞー？　頑張って船を盗んでみようと思ったそこの君？　船にも爆弾仕込んでるから、変な事をしたら島より先に沈んじゃうよー？　というわけで、最初に言ったけど、大人しくしてればおうちに帰れるから、子供達の為にも変な事しないでね！　チャオ！』

『龍宮』市役所　放送管制室

「はーい、通信終わりっと」

緊急放送用のスイッチをオフにしながらそう言ったのは、まだ若い女だった。

両目を派手な柄の目隠しで覆い、パンクロッカーのような格好をしているその女性は、楽しげに椅子の上で体育座りをしながら背もたれをギシリギシリと軋ませる。

そんな彼女の背後から、冷めた声が掛けられた。

「……遊びすぎだ、狐景《こかげ》」

無表情のまま呟かれた己の名を耳にし、両耳をピクリと動かした後、パンクロック風の少女――野槌《のづち》狐景は椅子を派手に回して振り返る。

「そう言わないでよ、イルヴァの姐御！　うまくいってるんだから笑顔笑顔！　派手な割に中身は辛気くさいお仕事なんだからさ、スマイルは重要だよー？」

「私は笑っている」

「ほんとにー？　私、目は見えないけど耳でどんな表情してるのかぐらいは分かるよー？　顔の表情筋の動く音とかさ、この距離なら聞こえるからね？」

「すまない、嘘をついた。笑う気分になれない」

素直に謝るイルヴァに対し、狐景はケラケラと笑いながら言った。

「いいっていいって！　それより、市長はどんな感じなの？」

「……手強いな。こちらが武器を持っているとはいえ、優位に立ったと思わない方がいい」

「ひゃー！　そんなおっかない市長と長居するのは御免だよね。とっとと仕事終わらせて帰ろうよ。昼間に本土で食べたあのスペイン料理美味しかったじゃん？　あそこで打ち上げしたいねえ」

「無理を言うな。お前達には悪いと思うが……」

「分かってるって、冗談冗談！　ほとぼりが冷めるまでこの国からはドロンでしょ？　私も弟もこないだ里帰りはできたし、まあ未練はないよ」

軽い調子で言いながら、狐景は思い出したように話題を変える。

「そういえばさ、昼間に姐御があの店の女の子と話してたの聞こえちゃったんだけど……姐御が気にしてた男の子って、あそこのどっかにいるのかな？」

市庁舎の中層階にある放送室の窓を指差す狐景の言葉を聞き、イルヴァは眼下に広がる人の群れに目を向けた。

消灯が続いているせいで人の形は見えないが、その人々が持っている携帯の画面らしき小さな明かりが星空のように地上の闇の中を瞬いている。

「……だろうな。だが、計画が順調に進めば関係ない」

「順調ねえ。それにしたって、依頼主《カリュブディス》は何を考えてるのかなー？　博士一人と研究データの簒《さん》奪《だつ》でしょ？　島をまるごと人質にする程の事かなあ？　まるで、敢えて世界的な大事件にしたいような節《ふし》があるけど」

「我々の気にする事ではない。事前に動向は調べたが、我々を罠《わな》に嵌《は》めるような様子は無かった。……無論、絶対とは言えないからな。油断はするな」

自分自身への戒《いまし》めを含めた言葉を口にするイルヴァに、狐景は肩を竦めながら言った。

「へーい。……そういえば、東の方からさっき銃声が聞こえたんだけど、研究所に行った連中って、結構派手にやってるの？」

「……なに？」

「アサルトライフルじゃなくて拳銃だね。あの音はゾルフのゲス野郎の愛銃かな。あいつ、また見せしめに誰か撃ったりしちゃったんじゃない？　死ねばいいのに」

それを聞いたイルヴァは、嫌な予感がして無線機に手を伸ばす。

ゾルフは仲間内でもゲスで有名な男だ。

あと一度何か問題を起こせば『処理』するつもりだったが、人質を勝手に襲ったりしていたのであれば十分のその理由になる。

この場所で始末すべきか、あるいは仕事を終えてからにすべきかと考えながら無線機でベルトランを呼び出そうとしたイルヴァだったが、その直前に、無線機が着信を伝える。

まさに今こちらから連絡を取ろうとしていた、副官のベルトランからの通信だった。

「……私だ」

『おお、姐御、ちょいとトラブルっすわ』

「……どうした」

『二人、死んじまいましたよ。ゾルフとゴードっす。サリアは気絶。ブルームは心肺停止であぶねえところだった。研究所の中にＡＥＤがあって助かった』

「何があった。反撃を受けたのか？」

イルヴァが想像したのは、ゾルフが人質に発砲、恐慌状態になった研究者や警備員達の反撃に遭ったという流れである。

だが、返ってきた答えは彼女の想像の埒外《らちがい》のものであった。

『サメっすよ、サメ。ゾルフのバカ、ボーナステージで調子こいて死にやがった』

「……なに？」

『生き残ったカーチスの話っすけど、博士をお迎えに行く途中の……ほら、資料の中に、海と繋がったプールの上を通る通路あったでしょうよ？　あそこでサメに襲われたらしいんすけどね……どうにも信じられねえんすけど、デンキウナギみてえなサメらしいんすよ。ゴードはそいつが上げた水飛沫を被って痺れて落ちたところを食われたとかなんとか』

「……詳細を話せ」

数分後——

副官であるベルトランから事情を聞いたイルヴァは、『指示を出すまで、そこで待機しろ』とだけ伝え、無線を切った後に暫し考え込んだ。

そんな彼女に、横で話を盗み聞きしていた狐景が言う。

「ヒュー！　サメ！　サメだって？　ゾルフのクズを食ってくれた事に感謝しなきゃね！　まあ、ゴードもやられちゃったわけだし、姐御としてはどうするの？　仇討《あだう》ちする？　それとも無視して仕事続ける？　ボーナス狙ってサメの生け捕りとかしてみちゃう？」

「……生け捕りは難しいだろう。だが、依頼主の意向だ。できるだけの事はする」

「いいね！　サメ狩りのオプションツアーでようやく辛気くささが薄れてきたよー？　誰を行かせるの？　ベルトランにそのままやらせる？　それともシードラゴンのチームかな？　ああでも、電気ビリビリしてくるって事は水中戦専門の連中じゃ返り討ちだよね？　じゃあドードーの重火器部隊にやらせる？　風間《かざま》の特殊部隊？　セイレーンの連中とぶつけるのも面白そうだね！」

テンションが上がったのか、次々と島中に分散している傭兵集団のチーム名を上げて行く狐景だが、イルヴァは凪《なぎ》のように落ち着いた声のまま呟いた。

「……私が行く」


「ヒュウ、マジ?」

口笛を吹く狐景に、イルヴァは淡々と指示を残す。

「狐景は市庁舎組の指揮を執《と》れ。市長には常に最大限の警戒を」

そして、やはり淡々とした雰囲気のまま窓を開き——なんの躊躇いもなく、そこから己の身を夜の空へと躍らせた。

「いってらっしゃーい」

特に驚いた様子もなく、狐景はそんなイルヴァを送り出す。

彼女の耳に届くのは、上司の奏でる足音だ。

ビルの壁を蹴りながら、落下するような速度で、それでいて衝撃を確実に殺しながら地上へと駆け下りていく軽やかなリズム。

「運が悪かったね、サメちゃん」

人間離れした動きをするイルヴァの『音』を聞きながら、彼女の腹心の一人である狐景は、まだ見ぬ『人食いザメ』を一人静かに憐《あわ》れんだ。

「うちのボス……そこそこ人間辞《や》めてるんだよね」

第7歯

とある犯罪者の述懐

――あの女は、異常だ。

――傭兵に必要な要素はなんだ？

――普通の傭兵の話じゃあない。雇われて戦場で戦ったり、誰かの護衛をしたりする、真っ当な民間軍事会社の話でもない。『時には犯罪行為にも手を染める』というわけじゃなく……『犯罪行為専門』のろくでもない連中の話だ。

――戦争に真っ当な理由があるかどうかは別の話として……まあ、普通の傭兵と同じなのは感情に流されずにシステマチックに動けるかどうかとか、生存本能を研ぎ澄《と》《す》ましてるとか、チームとの連携を執る力とか、慎重さと入念な準備に、それを実行できる経済力。まあ、単純に運もそうだな。

――で、ろくでもない傭兵の方に必要なのは何かっていうと、倫理観の『無さ』だ。必要とあらば普通の傭兵も民間人がいる建物に躊躇いなくランチャーを撃ち込む事もあるだろうが……そういうレベルじゃねえ、戦場でもなんでもない平和な国の中で、ショッピングモールに爆弾を仕掛けたりする、そういう類の躊躇いのなさだ。

――特定の思想に突き動かされたテロリズムじゃない。純粋に、金の為にそれができる奴ってのは……まあ、普通じゃない。強盗や殺人までできる奴は腐る程いる。だが、金の為に大量破壊までやらかすってのには、独特な才能がいる。

――権力を求めるわけでもない、正義を振りかざすわけでもない。

――あんた、仮に年収の10年分貰《もら》えるとしたら、平和な国の首都のど真ん中に化学兵器ぶち込めるか？　迷わずできるってんなら、才能があるぜ。

――感情のネジがぶっ壊れてて、良心の呵責《かしゃく》を感じない奴ならそれができるかって？

――どうかな。だとしたら尚更《なおさら》そんな無駄な事はしないんじゃないか？

――割に合わなさ過ぎる。国を敵に回すぐらいなら、もっとマシな稼ぎ方はいくらでもある。

――まあ、とにかくそんなイカれた連中が纏まってるのが、『バダヴァロート』って連中だ。

――ロシア語で『大渦』って意味らしいが、ロシア人は殆どいない。色んな国から集まった金目当ての悪党共さ。

――奴らを『傭兵』だなんていうのは、傭兵に失礼なんじゃねえかなあ。まあ、そういう連中と依頼人の仲介をやってた俺が言える事じゃねえけどよ。

――……で、だ。話を戻すぜ。

――『バダヴァロート』の連中にゃいくつか派閥があるんだが、その中でも一際頭のイカれた武闘派の部隊を仕切ってるのが、あんたの知りたがってるイルヴァって女だ。

――もう一度言うぜ、あの女は異常だ。

――時々いるんだ。あの女……イルヴァみてぇに常識のネジが外れたヤツが。

――常識は常識でも、悪党としての常識のネジってヤツだ。

――あんた日本人か？　日本だと……俺が知る限りじゃ、越佐ブリッジの虹色頭《にじいろあたま》だの、池袋《いけぶくろ》の人間じゃねえなんて噂のある黒い運び屋だの、あいつらに近い。知ってるか？　知らないならまあ今のは忘れてくれ。

――要するに、なんだ。

――自分から進んで法を侵してやがるのに、それなりに人間味があるっつーのかな……。

――イルヴァには、甘いところがある。

――破壊行為に手を染めはするが、必要がなきゃ民間人を虐殺《ぎゃくさつ》したりはしねえ。

――ガキが巻き込まれたら悲しむし、雨に濡れてる子猫を助けたりもする。

――だが、仲間が人殺しをやるのを止める事はしねえ。極力殺さねえってだけで、人質を取るような依頼は平気で受ける。

――当然だな。善人ならそもそも悪事なんか働かねえ。つまり、自分だけで完結してるのさ。自分はできるだけ良い子ちゃんでいようとするが、他人にそれは押しつけない。まあ……早い話が、偽善者ってヤツだな。

——問題はそこだ。

——そんな甘ちゃんの偽善者が、なんで悪党どもの部隊のリーダーなんかやってると思う？

——さっき言ったような倫理観のねえ悪党連中が、どうして大人しく従うと思う？


——化け物だからさ。

——悪党だって命は惜しい。

——だから、化け物には逆らわねぇ。


——俺が前に仲介した依頼人は、それを知らなかった。

——北欧《ほくおう》あたりの、どでけえギャング組織だったが……イルヴァが若い女だからって舐《な》めてかかったんだろうな。証拠を残さないように、イルヴァの部隊も消そうとしたのさ。

——まあ、次の日には消えたよ。そのギャング。本部にしてたビルごと……物理的にな。

——奴らがバカをやったお陰で、仲介した俺まで責任を取らされてな。

——ただ、命だけは助けてくれたよ。……お陰で一生車椅子の生活で済んだ。御丁寧に『やりすぎた』って謝ってくれてな。両腕の義手までプレゼントしてくれたぜ。

——どうだ？　優しいだろ。……吐き気がする程にな。

♪

人工島『龍宮』海洋研究施設

『この国の言葉だと、ひゃくぶんはいっけんにしかず、だっけ？　イイ言葉だよねー、ハイ、ボーン』


そんな放送と共に、島の一部が爆破された音が研究所にまで響いてきた。

「ったく、何が『この国の言葉だと』だよ狐景の奴。自分もこの国の出身だろうに、白々しい」

肩を竦めながら言うベルトラン。

「なあ、そう思うだろ？」

彼の目の前には、カタカタと震える一人の男。

つい先刻まで、他の四人と共に紅矢倉博士の確保に向かっていた傭兵の生き残りである。

「……」

「ちっ。リラックスさせてやろうとしてんだから、空気読めよなあ？」

大きく息を吐き出し、ベルトランはここまで逃げ戻って来た仲間による報告を思い返す。

「電気ねぇ。ここで身体ん中にバッテリーでも仕込まれたってのか？　少なくとも『ヴォイド』がデンキウナギだったなんて話は聞かねえが」

少し考えた後、ベルトランは口元に巻いたバンダナの下で笑みを浮かべながら言った。

「そんな化け物なら、もっと高値で売れるかもしれねえしな」

「べ、ベルトランさん。もう四人もやられてるんすよ!?」

「確実に死んだのは二人だろ？　痺れて心臓が止まってただけの残りを見捨ててきたのはお前だぜ？」

「う……」

「イルヴァの姐御への言い訳、考えとけよ」

頬を引きつらせる『生き残り』から離れ、ベルトランは静かに考える。

——さて、どうする？

——金にはなるが、下手に突っ込んでも犠牲を増やすだけだ。

「おい」

ベルトランは人質にしている研究員達に近づくと、銃を向けながら単刀直入に訊いた。

「サメについて知ってるヤツはいるか？　ただのサメじゃねえ。紅矢倉博士がここの地下……いや、水面下か？　まあどっちでもいい。ここの下の方で大事に育ててるサメだ」

「さ、サメ?」

銃に怯えながらも、わけがわからぬと言った調子で周囲の同僚と視線を合わせる人質達。

その様子に誤魔化しや嘘がないと判断したベルトランは、銃を揺らしながら別の事を尋ねた。

「ああ、もういい。下っ端にゃ期待しねぇ。この研究所の機密区画に入れる権限を持ってるのはどいつだ?」

「そ、それは……所長と市長、あとは機密区画のそれぞれの研究主任達……ぐらいです」

「所長が今この島にいねえのは知ってる。市長の女帝様は俺の仲間とお楽しみ中だ。研究主任はこの中に……いねえな」

予め回収しておいたネームプレートを手にしていたベルトランは、それを確認しながら溜息を吐き、研究員達のノートパソコンからデータを漁っていた傭兵仲間に問い掛けた。

「おい、研究主任とやらで今日島にいるヤツは?」

「夕方に退勤してますね。クワメナ・ジャメってヤツです。まだ島にいるんじゃないすか?」

「データ探して、巡回の連中に回しとけ。場合によっちゃ狐景に放送で呼び出させるが……そいつは、この後の流れ次第だな」

「流れ、ですか?」

無線機を手に取りながら、ベルトランは飄々とした調子で答える。

「イルヴァの姐御に報告する。『欠員』についても説明しとかねえとよ……ったく」

そして、数分後――

「喜べ。姐御本人がやるとよ」

ベルトランの言葉に、襲撃者の部下達が一瞬ざわめき、次いで安堵の表情を浮かべ始めた。

「ま、問題があるとしたら一つだ」

そんな周囲の空気とは逆に、少し不安げな表情を浮かべながらベルトランは独りごちる。

「……売れる部位が、欠片でも残ってくれりゃいいんだが」


♪

人工島　地上

『はいはーい。哀れな人質のみなさんに、お姉さんからの大サービスだよー。トイレと自販機の電気だけは復旧してあげるねー』

そんなふざけた調子の放送と共に、人工島の各所にて灯りが復旧した。

これ幸いにとトイレの清掃器具用コンセントなどから携帯電話の充電を試みる者なども現

れ、島の一部が爆発した際のパニックとはまた別の、混沌《こんとん》とした空気が島の中に蔓延《まんえん》していく。

中にはコンセントの争奪で争いが起こりかけたりもしたのだが、追加の放送で『暴れると消しちゃうよ？　電気だけじゃなくて、君達ごと』と流れてきた為、皆先刻の爆発を思い出し、歪《いびつ》な秩序のようなものが生まれてそこまでの混乱は起こらなかった。


そして——八重樫フリオと同じ小学校の子供達も、最初は混乱により呆然としていたのだが、状況が進むにつれようやく自分達が危機的状況にあると呑み込み始めていた。

「よし、みんな聞け、落ち着くんだ。トイレに行きたい子は、私についてきなさい」

引率の一人である男性教諭は、子供達がパニックを起こさないようにと、敢えて落ち着いた調子で声を上げる。

子供達は皆不安そうな顔で級友達と顔を見合わせており、普段は騒ぎ立てるようなタイプのやんちゃな児童も、爆発の場所が程近かった為にすっかり怯えてしまっている状態だ。

「せ、先生。逃げなくていいの？」

教師の近くにいたフリオがそう尋ねるが、教師はできるだけ穏やかな笑顔で頷く。

「大丈夫だ、すぐに警察の人達や市長さんが何とかしてくれるから」

下手に子供達が逃げようと騒いだら、それこそ襲撃者達を刺激しかねない状態だ。

フリオはそんな教師の声にとりあえずは納得したが、不安を完全には拭えずに怯えながら手を挙げ、トイレに同行する事にした。

近場の公衆トイレは人が詰めかけており、不安と苛立ちの交じった声が四方から聞こえてきた。引率の教師はそんな声から遠ざけようと、なるべく人の少ない水路の傍へとフリオ達を誘導しながら進んでいく。

この島は緊急時に区画を分離させ、それぞれが独立して浮上できるようなシステムなっており、その区画の境界は深い水路で区切られていた。

ヴェネツィアの水路のように建物の間にあるというよりは、狭い河川敷のようなスペースを開けて水が流れる形となっている。

場所によって違うが、フリオの前に広がる水路は幅が20ｍほどあり、それなりの深さもあるので遊泳などは禁止とされていた。

「お姉ちゃんもお父さんも、心配してるかな……」

恐ろしい現実から目を逸らすように、その暗い水路を横目に見ながら呟くフリオ。

「泳いで逃げられたら良かったのに……」

そんな彼の妄想を具現化したかのように――

何かが泳ぐような水音が、不意に水路から響き渡った。

「え？・」

フリオは音の方に目を向けるが、ただでさえ暗い島の中で、深い溝となっている水路の様子を目で確認できよう筈もない。

少年は自分の携帯電話のライトを点けて水面に向けるが、そこにはもう何も居なかった。

ただ、何かが水面を割って進んだかのような波紋の揺らめきだけが。

キラキラと。キラキラと。

♪

海洋直結区画

「……居ないようだな」

イルヴァは淡々とした調子で、水面に目を向けている。

入り口のあたりから遠巻きに見ていたベルトランは、背後で同じように様子を窺っている仲間達に肩を竦めて見せた。

電気ショックを受けて倒れた二人の内、一人は心臓が自然に再活動していたようで意識を取り戻したが、もう一人は既に絶命していた事が確認される。

生きていた方はベルトラン達に回収され、区画の中央にはイルヴァと一人分の遺体だけが残っている状態だ。

イルヴァが入り口の方に視線を向けると、特殊な装備をした傭兵の女性が、ベルトランの陰から現れる。

彼女は恐る恐る水面に近づき特殊な探知機のセンサーを水の中へと差し込んだ。

「……居ませんね。小さい魚はいくつか見えますが、マグロよりデカい影は動いてません」

首を振る傭兵の言葉を聞き、イルヴァは静かに目を伏せ、絶命していた方の仲間から装備を外していく。

そして、そっと遺体の瞼《まぶた》を閉じさせながら、跪《ひざまず》いて独特な形式の祈りを捧げた。

何の宗教の祈りかは分からなかったが、彼女のあまりにも堂に入った姿に、ベルトラン達はともかく、新入りの傭兵達は一瞬イルヴァが葬儀を取り仕切る司祭であるかのように錯覚してしまう。

だが、それも一瞬の事。

イルヴァは祈りを捧げ終えると、腰からナイフを抜き取り、仲間の遺体の首元をあっさりと切り裂いた。

心臓が止まってからかなりの時間が経過している為、血が勢い良く噴き出す事はない。

彼女は赤い液体が流れ出す仲間の遺体の腰のベルトに右手をかけ、逆さ吊りにするような形で持ち上げた。

自分よりも身長が30㎝ほど高い大柄な傭兵。

巨大な砂袋のようなその遺体を、片手で軽々と吊り上げるイルヴァは、まるでトートバックでも持ってショッピングするかのような歩みで悠々《ゆうゆう》と歩を進め、遺体の上半身を水中に浸からせた。

そのまま下半身は地上に残され、簡単に水に落ちぬよう、イルヴァの細く引き締まった足によって強く踏みつけられている。

半分水中で逆さ吊り状態となった遺体からは血が流れ出し、水面が赤く濁り始めた。

「……私はここでしばらく待つ。ベルトラン、お前がチームを組んで博士を連れてこい」

「了解……っと、戻るまでには、始末しといて下さいよ」

ベルトランは近くにいた面子から四人の傭兵を指名すると、装備を調《ととの》えて通路を進み始める。

すると、すれ違い様にイルヴァがベルトランの傍で何かを囁いた。

「――――」

「……ええ、解ってますって。そこをミスる程、俺もバカじゃありませんや」

苦笑しながら頷き、水面と仲間の遺体に目を向けながらベルトランも問い掛ける。

「っていうか、サメが10㎞《キロ》先の血も嗅《か》ぎ取《と》るっての、あれデマだって聞きましたぜ？　本当にそんなので来るんですかい？」

「ここの構造は、水が一定方向に流れる仕組みだ。島の周囲にいるなら、血の臭いは広がるだろう。既に何㎞も離れたのなら、諦めるまでだ」

イルヴァはそこで目を細め、半分一人ごとのように呟いた。

「それに……ヤツがここを『餌場』だと認識したのなら、また戻ってくる」


♪

人工島　地上

クラスメイト達の大半がトイレにまだ並んでいる間、一足先に用をたしたフリオは、洗った手を乾かすように振りながら、水路の傍に佇んでいた。

水路の調査をする為に、水面ギリギリまで下りていく階段。

フリオはトイレの傍にあったその階段の一つに歩み寄り、不安を紛らわせるように水面を見つめていた。

「さっきの、なんだったんだろう……」

大きな魚でも水路を泳いでいたのだろうか。

自分達が今危険な状態にあるという恐怖から目を逸らせる——子供心にそこまでは考えていなかったが、自然と別の事を考えたくなり、そのまま水面の下にいるかもしれない『何か』に想いを馳《は》せる。

——お巡りさんが、潜って助けに来てくれるとか……。

そんな都合の良い期待を抱きかけたが、子供心にも即座に『それはない』と判断したフリオは、暗い顔で水面を眺め続けた。

その下に、人を二人捕食したばかりの巨大な顎《アギト》が蠢いている事にも気付かぬまま。

♪

水中

『彼』は思う。

腹は満ちている。

だが、心の中の飢えはまだ満たされていない。

何かが足りない、と『彼』の本能が訴える。

己がここにいる理由を満たす何かに、まだ出会えていないと。

自由を得た。

それは理解している。

だからこそ、『彼』は学習する必要があった。

これから何を為《な》すべきなのか、と。

本来ならば、本能のままに生きるべき存在なのだが――

皮肉な事に、そう生きるには『彼』は近縁種の生物と比べて賢過ぎた。


『狩り』を終えたばかりの『彼』が取った行動。それは『観察』である。

自由と引き替えに、脳内に入り込む情報は膨大なものとなった。

それを処理する為に、『彼』は状況の観察という手を選び、現在その『観察』の対象は、水路の上にいる、先刻の獲物よりも大分小柄な存在だった。

『彼』がその小柄な存在を気にとめたのは、その個体が、自分にとって聞き慣れた『音』を発していたからだ。

――「オネエチャンモオトウサンモ、シンパイシテルカナ……」

その音の羅列に興味を示した彼は、静かに観察を続ける。

敵か、餌か、あるいは全く別の何かか。

それを判断すべく、サメは水路の底に揺蕩《たゆた》い続ける。

観察の方法として『捕食』という選択肢も取れるよう、水上の小柄な影に対して静かに狙いを定めながら。

♪


「……お腹空いてきちゃったなあ」

フリオはそう呟き、バッグから一つの袋を取り出した。

辛《から》さを控えめにしたチョリソーを何本も挟んだ、肉厚のホットドッグ。

姉が弁当とは別にオヤツとして持たせた、店の自慢のテイクアウト商品『メドゥサドッグ』である。

「うーん……こっそり食べちゃおうかな……。でも、トイレの傍じゃ……」

今ならば引率の先生の目に映っていない。

こっそりと一口囓《かじ》るぐらいならば良いだろうかと考えたフリオは、そのままホットドッグを袋から取り出し――

「おーい！　フリオ！　どこだ!?」

「フリオー！」

焦るようなクラスメイト達の声を聞き、慌てて『メドゥサドッグ』を隠そうとする。

だが、そこで手が滑ってしまい、『メドゥサドッグ』は哀れ水面に落下し、チョリソーの重みでそのまま水中に沈んでいく。

「あ、ああ……」

悲しげに水面を眺めていると、そこにクラスメイトや教師達がやって来た。

「ここにいたのかよ、フリオ」

「離れちゃ駄目じゃないか、八重樫君」

教師にそう言われ、フリオは恥ずかしさと申し訳なさで俯きながら、「ご、ごめんなさい」と謝り、そのまま水面から離れて階段を上り始める。

好物が消えた水面を、名残《なごり》惜しそうに振り返りながら。

その最中、水面が大きく揺らぐ音が聞こえたような気がしたが――暗闇の中では視認する事もできず、フリオは諦めてクラスメイト達とその場を後にした。


♪

海洋研究所　機密区画

「さっきは耳の良さの話をしたが、サメの嗅覚も、確かに素晴らしいものだよ」

紅矢倉雫は、手近にあった研究者用の椅子に座りながら、暇つぶしでもするかのようにサメについて蘊蓄《うんちく》を語り続ける。

「25mプールに数滴の血を垂らして薄めたとしよう。それでも、多くのサメはそこに血が混ざっていると認識できるんだ。映画に出てくるようなサメの鼻先に見える穴があるだろう？　あれは呼吸には全く関係なくてね。嗅覚を感じ取る為だけの器官なんだ」

「は、はあ」

自らの狂気に取《と》り憑《つ》かれ、危険なサメを世に解き放った紅矢倉博士。

そんな彼女に対して、何をどう説得して良いのかも判《わか》らないラウラは、曖昧に頷きながら何もいなくなった水槽と雫を交互に眺めていた。

「嗅房《きゅうぼう》と呼ばれる皺《しわ》が捉えた匂いの分子を、嗅球《きゅうきゅう》や嗅索《きゅうさく》、嗅葉《きゅうよう》といった脳の器官を通して分析するわけだが……面白い事に、普通のサメはそう多くの匂いを嗅ぎ分ける事ができない。代わりに、獲物の体液と仲間の匂いを嗅ぎ分ける事に特化しているんだ。しかも、獲物の血の一滴から、対象が弱っているのかどうかまで察知する。まあ、犬を使って人間の病気の匂いを嗅ぎ分ける事例もあるんだ。特に驚くべき事じゃないけれどね。サメの凄い所は、匂いの濃度の判別能力が優れている点で、それによってどの水の流れを辿れば獲物がいるかという判断が――」

「あの、長々と御高説の所、申し訳ありませんが……」

「なんだい？」

「突然、何を仰りたいのですか？『普通の、サメは』という事は……その、普通じゃないサメの

例を知ってるように受け取れましたが」

ウィルソン山田と名乗るネブラの学芸員の皮肉とも取れる言葉に、雫は笑いながら答えた。

「ああ、悪い悪い。ただの家族自慢さ」

「家族自慢?」

「カナデはね、普通のサメとは違う……。血とフェロモンだけじゃないんだ。少なくとも、人間と同程度には多くの匂いを嗅ぎ分ける。味覚だって、普通のサメより鋭い可能性があるんだけれど、それを証明する前にこんな事になってしまって残念だよ」

雫は悲しそうに俯いた後、名残惜しそうに空になった円柱状の巨大水槽を見上げて言う。

「味気のない人工飼料や生魚じゃない。私の手作りの料理を……ちゃんと味わってくれていたんだからね」

♪

水中に突然投げ込まれた『それ』は、『彼』にとって新鮮なものだった。

生まれてからずっと与えられてきた、代わり映えのない餌とは違う。

先刻、初めて己の手で狩った獲物とも違う。

強いて言うならば、時折『アネ』『オネエチャン』『ベニヤグラ　シズク』という発音で自身を識別する個体が時々自分に渡してきた、生物の形をしていない餌に近い。

　通常の餌とはまるで違う、嗅覚を多様な形で刺激する不思議な食物に。

『彼』は唐突に小さな個体から与えられた『それ』を喰らいながら、考える。

　それは紛れもなく、思考と呼べるものだった。

　人間とは全く異なる脳を持った『彼』だが、サメと呼ばれる近縁種とも全く異なる変異を遂げており、その性能は既存の科学にとっては未知の領域である。

　だが、回路は全く異なっていたとしても――

　結果だけを見るならば、哺乳類に極めて近しい『思考』に基づき、一つの推測を行った。

　水上にいる小さな影は餌ではなく、自分に餌を供給する『オネエチャン』と同じ存在なのではないかと。

　すると、水上に無数の音が響く。

「ココニイタノカヨ、フリオ」

　かつて『アネ』から何度も言葉をかけられ続け、結果として学習した『彼』は、その音の並びから意味を即座に理解する。

　水上の小さな影。

『オネエチャン』という、『彼』にとって聞き慣れた音の羅列を発したその影が、フリオという個体識別名称を持っているという事を。

そして、ゆっくりと『彼』は浮かび上がり、個体名『フリオ』の姿をハッキリと確認する。

『フリオ』がこちらを一瞬振り向いたが——こちらに気付いていないのか、そのまま立ち去ろうとしていた。

何かリアクションを起こすべきか否か。

『彼』が思考を続けようとした瞬間、脳が本能によって掻き乱される。

色濃い血の匂いが、水の流れの先から漂ってきたからだ。

恐らくは、自分が先刻までいた場所。

海中の穴から島の内部に入り込んだ先にある、先刻食事を終えたばかりの『狩場』から。


♪

研究所　機密区画

「さて、これからどうする？·」

どこか満足げな表情で、紅矢倉雫が天井を仰ぐ。

「どうするって……ええと、その、正直言いたい事は山ほどありますけど！　エベレストどころじゃないです！　マウナ・ケアぐらい大きな山ですからね！」

海中に座している部分を含めた高さならエベレストを超えて世界最大となる山の名前を挙げながら、半分涙目になって雫に叫ぶラウラ。

「でも、その前にまずは無事にこの状況を乗り切る事ですよ！　先輩達の予想通りに上が大変な事になってるなら、どうにかして外と連絡を取らないと……。携帯の電波もＷｉ‐Ｆｉも通じないですし、さっき試してみましたけど、内線電話も駄目でした……」

「その前に、本当に『ヴォイドの子』が目当てなら、私を確保しに下りてくるだろうさ。エレベーターが止まったままなら……まあ、ここは反対側の区画にある、非常階段からだろうね」

「何を落ち着いてるんですか先輩！　だったら早く隠れないと！　な、何かないんですか⁉　ゾンビが溢れた時に隠れるシェルターとか、巨大なタコが襲いかかって来た時に隠れる宝物庫とか！　地上への秘密の脱出ロケットとか！」

「一応は、あるよ」

「だったら……」

希望の光を瞳に浮かべるラウラだが、次の雫の一言であっさりとその光は消え去った。

「加圧して水位を調節した水槽から、海の中に潜っていくコースだ。問題があるとすれば、カナデも傍にいるだろうし、あの子以外のサメもウヨウヨいる事だけれど」

「自殺コースじゃないですか！」

頭を抱えるラウラ。

「まあ、奴らの目的は私だろうから、二人はそっちの奥にある資材倉庫にでも隠れていればいいさ。私を最初に見つければ、そいつらも無駄な家捜しはしないと思うよ」

「そんな！　それじゃ先輩はどうなるんですか!?」

後輩の声に、雫は微笑みながら目を伏せ、首を振る。

「私はもう未練はないよ。カナデを無事に旅立たせる事が出来たんだから」

そこまで言った所で、少しだけ寂しげに言葉を紡ぎ直した。

「あー……いや、未練が無いわけじゃないね」

「え？」

「出来る事なら、カナデが立派に育った所を見てみたかった……かな」

寂寞とした空気を醸し出しながら笑う雫。

だが、聞かされた二人は共感できなかった。

その言葉の意味を、深読みしてしまったからだ。

先刻、少しだけ見た『ヴォイドの子』は、既に肉食性のサメの中ではトップクラスと言ってよい体長だった。

つまりは、雫の言葉を信じるならば——

『ヴォイドの子』――カナデは、あの大きさから更に育ち続けるという事なのだから。

♪

海洋直結区画

「……っ！　来ました！　イルヴァさん！　５ｍ以上の魚影です！」

通路の入り口傍で魚影探知機を見ていた傭兵の女性が、そう叫んで水面から離れる。

イルヴァは淡々とした調子で仲間の遺体を水面に引き上げ、部下に対して言った。

「……あとは私がやる。外に出ていて」

「は、はい！」

部下の一人が区画から退避するのと同時に、水面に巨大な背びれが現れる。

イルヴァは目を細めながらその姿を見つめていた。

向こうもこちらの様子を確認している。

確信は無いが、イルヴァはそう感じ取った。

あのサメは、こちらが敵か、餌か、あるいは別の何かなのかと推し量っている。

それを利用し、こちらを餌か、あるいは無害な存在と見せかけて不意打ちをするという手もあるかもしれない。イルヴァはそう考えたが、己の中でその手段をあっさりと却下すると、腰から抜いた投げナイフを放った。

神速の腕裁きにより投げられたスローイング用のナイフは、空気を切り裂きながら水面近くを突き進み、一瞬で巨大な背びれの表面を切り裂く。

巨大鮫は、それをもってイルヴァを『敵』、あるいは『獲物』と判断したのか、緩やかに下降して水面から背びれを消し去った。

そして、次の瞬間――

カーチスからの報告にあったものと同じように、イルヴァの身長を軽く超える巨大な波飛沫が、容赦なく彼女の身体へと襲い掛かった。

♪

研究所上層部　非常階段

「さて、ここを下りていきゃいいわけだが……戻ってくるのかったるそうだな、おい」

螺旋《らせん》状の非常階段。

手摺《てす》りの隙間から下を覗き込んだベルトランは、海面下数十メートルまで続く高低差に薄ら寒いものを感じ、気だるげな調子で愚痴を言った。

そんな副長に対し、部下の一人が問い掛ける。

「しかしベルトランさん、隊長は大丈夫なんすか？」

「あぁ？」

「カーチスの話じゃ、水をぶっかけながら電気流してきたって話じゃないすか。そんなもん、いくら隊長でも……」

部下の男は、そこで言葉を止めた。

ベルトランの顔に浮かぶ、凶悪な笑みを見たからだ。

「くっ……カカっ……ハハハ！　そうかそうか！　お前、まだ日ぃ浅いから知らねぇんだな」

「な、何をですか？」

「姐御がよぉ、サブマシンガンとショットガンの弾幕を躱《かわ》すって噂、聞いた事あるか？」

「ええ……まあ、ただの噂でしょう？」

訝しげに問い掛ける部下の言葉を聞きながら、ベルトランは笑みを崩さぬまま階段を下り始める。

「噂ねぇ。その噂を流したのは、誰だったっけか？」

すると、別の部下が苦笑しながら声を上げる。

「俺です。まあ、俺は見たままを言っただけっすけどね」

「え……」

噂の出所が真横にいると知り、途端に生々しくなったと感じた若い傭兵。

そんな彼に、階段を下り続けながらベルトランが口を開いた。

「俺らをハメようとしたギャングを潰した時だよなぁ。まあ、結局は姐御一人でビルごと吹き飛ばしちまったわけだが」

「じゃ、じゃあ、本当に隊長は……」

「俺も一つ話を聞かせてやろう。噂話として、お前より若い新入りどもに聞かせてやれよ。鵜《う》呑《の》みにして姐御を怖れてくれんならそれもいいが……ハッタリだと思って姐御の寝首を搔こうとしてくれりゃ、俺らの分け前が増えるってもんだからな」

「待って下さい、隊長がいったい何をしたってんですか？」

話を急かす部下に、ベルトランは苦笑しながら答える。

「同じような話さ。避けたんだよ」

「銃弾をですか？」

「爆風をだ」

「は？」

言葉の意味が分からず、間の抜けた声を上げる若い傭兵。

そんな彼に、ベルトランはニヤニヤと下卑た笑みを崩さぬまま言った。

「グレネードランチャーの炸裂弾が目と鼻の先に着弾したってたのによ……イルヴァの姐御、その爆風をほぼ無傷で躱しやがったのさ」

「それに比べりゃ……水飛沫程度楽勝だろ？」


♪

水中

『彼』は、通路にいる存在から攻撃を受けた事を確認すると同時に、目の前の脅威を排除すべく最適な行動を取った。

身体を浅く潜らせ、最大限の捻りを身体に加えた後、それを解放する形で尾を振らせ、体内の特殊器官から電流を放ちつつトップスピードになった尾をもって巨大な水飛沫の壁を造り出し、水上に佇んでいる『獲物』を包み込まんとする。

致命的な一撃。

先刻は、これに巻き込まれた『獲物』は即座にその動きを止め、掠《かす》っただけの者も身体をよろめかせながら水面へと落下してきた。

故に、自由を手にしたばかりの『彼』にとっても、最も信頼できる安定した攻撃の筈だったのだが――

『彼』の思考回路に、バグが生じる。

バチリバチリと、火花を散らしながら突き進んだ波飛沫の壁が崩れた後に、存在する筈のものが無かったからだ。

そして、次の瞬間。

『彼』の頭上から、獲物だった筈の生物の声が響き渡った。


♪

海洋直結区画

「お前が、本能に従って仲間達を喰らったというのなら……」

天井近くの細い配管に足の甲を引っ掛け、己の足首の力だけで全体重を支えるイルヴァ。

コウモリのように逆さ吊りになっている――というよりは、まるで優雅に天井を歩いているかのような体勢のまま、己の真下へと銃を向けた。

水面に背びれを伸ばし、自分が先刻まで立っていた場所に意識を向けている巨大なサメ。

イルヴァは、そんな己の何倍も巨大な『獲物』に対して口を開いた。

「私も、本能に従いお前を狩ろう」

投げかける言葉に、大量の鉛弾を添えながら。

第8歯

それは、美しい跳躍だった。

逃げ場が無いように思えた死の壁——『ヴォイドの子』の発電器官により通電している水飛沫を前にしたイルヴァは、たった一度の踏み込みで後方数メートルへと跳躍した。

足の裏が、通路の壁面近くを這う配管にかかる。

まるで吸い付くように自然に壁に『着地』したイルヴァは、一切足を止める事なく己の身体を移動させていく。

重力に逆らうが如き軽やかさで『部屋』の中を駆け上がり、水飛沫が起こってから2秒と経たぬうちに、それが身に降りかからぬ高さ、すなわち天井の配管にまで到達したではないか。

部屋の入り口からそれを遠巻きに見ていたイルヴァの部下達は、自らを率いる隊長が超能力か何かで宙を舞ったと錯覚しかける程だった。

そして、今は細い配管に足の爪先を掛け、まるで天井に立っているような形で波打つ水面を見下ろしている。

次の瞬間、彼女は何かを水面に向かって呟き、波の合間に居た巨大な影へと大量の鉛玉を撃ち放った。

小型のサブマシンガンによる弾丸の掃射は、大きな波間に突き刺さる事で小さな飛沫を踊らせる。

だが、水面近くの巨影は即座に身を海中深くに潜らせており、水中で大きく推進力を減衰させたサブマシンガンの弾丸がダメージを与えたようには思えなかった。

運が悪かった――遠目に見ていたイルヴァの部下達はそう考える。

だが、肝心のイルヴァは違った。

「……」

――自分が銃を手にした瞬間から、あのサメは潜り始めた。

――ナイフの時とは違う。

――奴は……銃を警戒した。

部下達が一度サメに銃撃を加えたという報告は聞いている。

ならば、銃の脅威を既に見ている。

だが、今自分が手にしているものは、部下達が持っていたアサルトライフルとは形状も大きさも異なるものだ。

――つまり……。

――奴は、これが同種の武器だと判断して警戒できるだけの目と知恵を持っている。

そう確信したイルヴァは、改めてターゲットである『ヴォイドの子』がただのサメとは一線を画していると結論づけた。

――いや、サメどころではない。

あらゆる地上の猛獣や、下手な傭兵の部隊よりも遙かに危険な存在であると、イルヴァの経験と本能が同時に警鐘《けいしょう》を鳴らしている。

普通ならば、一度引いて高火力の装備を用いて遠距離から始末すべき相手だ。


だが、イルヴァもまた普通ではない。


相手を脅威であると認めたが故に、彼女は胸の奥に熱いマグマを煮えたぎらせた。

ここで冷静に安全策を取るタイプの人間ならば、イルヴァほどの身体能力とセンスを持っていれば公的な軍か、あるいはもっとまともな民間軍事会社にでも所属している事だろう。

あるいは、戦場すら避けて特定のスポーツや格闘技の分野で世界に名を馳せる事も十二分に可能だったかもしれない。

だが、イルヴァは自分がそうした道を歩めぬ事を知っていた。

己の性分がまともではないと、彼女自身が十二分に理解していたからだ。

♪

本土　スパニッシュレストラン『メドゥサ』

『現在、規制により我々テレビ局のヘリも【龍宮】に近づく事は禁止されています。通信網はまだ復活しておらず、【龍宮】内部の様子を窺い知る事はできません。ただ、停泊していた複数の船が炎上しているのは陸地からも観測できており、島の区画の一部が爆発したという情報も入って来ています。総理は現在、各省庁との――――』

　そんなレポーターの声がテレビの中から響いてくるのを、八重樫ベルタは憔悴《しょうすい》した表情で聞き続ける。

　レポーターが立っているのは、自分もしばしば訪れている海岸沿いの高台だ。

　島が見える位置であるこのレストランの周囲にも十数人の野次馬が集まっており、水平線のあたりに何やら漁り火《いさりび》のような赤い光が揺らめいているのが確認できる。

　現在、店は臨時休業となっていた。

　周囲のざわめきは元より、家族があの島にいるという時点でベルタの精神状態はかなり追い詰められたものとなっており、店主である父が何か言うよりも先に、他の従業員達が今日は店を閉めるべきだと進言して休業が決定したのである。

「せめて、フリオの無事だけでも確認できれば……」

店を閉めた直後は、なんとかして船で島に向かう事も考えたが――

犯行声明に『これより三日、人工島には手出し無用』という要求が書かれていた以上、民間人だろうと迂闊《うかつ》に近づくわけにはいかないとの事で、そもそも近辺での船の航行自体が禁止されていた。

ベルタ自身も、下手に近づいて警察と勘違いされ、その結果として島で人質が殺されるなどという事態は望んでいない。

だが、何もせぬままという状況が非常にもどかしく、現在はこうしてテレビの情報を聞き続けている状態だ。

――父さんは、説明を聞きに警察に向かってるけど……。

――今日は、戻ってこられないかもしれないって言ってたよね……。

フリオのクラスメイト達も同様に人質となっている為、その家族と共に警察に向かった父だが、何しろ人質そのものが数万人いるのだ。一人一人について何か有用な情報が手に入るとも思えず、ベルタは自分の無力感を噛みしめながらテレビの情報を聞き続ける。

テレビの画面はいつの間にか海岸から報道スタジオに移っており、特別報道番組の司会者やコメンテーター達が情報を整理していた。

『続いては、元警視監であり、組織犯罪を数多く担当してきた大王テレビの客員解説員、葛原《くずはら》丁字《ちょうじ》さんに御意見を伺います。葛原さん、今回の事件、犯人の目的はいったい何なのでしょうか？』

『そうですね、犯行声明で犯人が要求するのは「島への接近を禁じる」という一点のみです。三日という期間を呈示しているという事は、ここから追加で要求を加える可能性が一つ。政府などに身代金や政治犯の釈放などを要求するケースなわけですが……。もう一つのケースとしては、【龍宮】そのものを破壊あるいは簒奪するのが目的であり、その場合は外部からの妨害を防ぐ目的で期限を呈示した可能性も考えられます。無期限となった場合はいずれは突入を考えなければなりませんが、期限を切ればそれまでは様子を見るだろうというのが犯人側の目論見なのかもしれません』

『島そのもの……ですか。確かに財政は潤《うるお》っていますが、現金のまま島に大量に貯蔵されているわけではないのでは？』

『あの島で最大の価値があるものは金銭ではありません。あの島には国際的に多くの情報が集まりますし、海洋研究所には国際的な合同研究チームがいくつもあります。海の生物のみならず、医学的な研究の最先端であり、技術によっては……例えば老化治療の技術などであれば、それこそ数千億円単位の権益に関わるものもあると予測されています。あるいは、何らかの重要人物が島を訪れていて、その人物を拉致《らち》、あるいは何か害する事が目的とも考えられます。そういった、【龍宮】の内部にあるものが目的である場合は、それを入手すれば人質に手を出す可能性は低いでしょう。ただ、ここでそれを断じるにはまだ情報が――』

そんなコメンテーターと司会者の会話を聞きながら、ベルタは大きな溜息を吐き出した。

「お金だか不老不死の薬だから知らないけど、だからってこんな事……」

犯人達への恨みを募らせる一方で、『それでフリオが助かるなら、さっさと島から盗んでどこかに消えてくれ』という思いも抱くベルタ。

それは自分の家族以外の誰かの不幸を願う浅ましい考え方だと頭の中から打ち消すが、気を抜くとすぐにまた心の中を蝕《むしば》んだ。

気付けば胃が音を立てており、ベルタは先刻の父の言葉を思い出す。

――「いいか、今日の夜出す分だったメドゥサドッグの山だが、好きなだけ食え。何か余計な事を考えそうになった時も、落ち込んだ時もとにかく食え。人間な、腹が減ると悪い事ばかり考えちまう」

そんな物言いをする父に、御飯が喉を通る気分じゃないと言ったのだが、それでも父は、

――「フリオにも持たせてあるんだから、同じものを食ってると信じろ、な」

と言って大量の『メドゥサドッグ』をベルタの元に置いて行った。

「……」

無言のままそのチョリソーをパンで挟んだ料理を口にし、スパイシーな肉汁が口の中に広がるのを感じながら、ベルタは力強く頷いた。

「ここでめそめそしてても仕方無いよね……」

胃に力の素《もと》を満たしながら、せめて前向きに状況の好転を信じる事にしたベルタ。

彼女はおもむろに立ち上がると、店の片隅に置かれていたギターに手をかける。

基本は歌い手であるベルタだが、弾き語りの為にギターもある程度は嗜《たしな》んでいた。

無論、それで何かが解決するなどという事はありえない。端から見れば、家族の命が危ない時に何をしているのかと糾弾《きゆうだん》されても仕方無い事だろう。

それを理解しながらも、彼女は殆《ほとん》ど無心で弦に指を這《は》わせていた。

己の中の浅ましさや不安を消す為に。

あるいは弟の無事を願う為の祈りの代わりとして――

ただ、ただ、激しい旋律《せんりつ》のスパニッシュメロディを奏で続けた。

己の中に澱《よど》んだものを浄化するかのように。

仮に自分が何か動くべき時が来た場合、誰よりも力強く前に進む為に。

♪

人工島『龍宮』海洋直結区画

本土の一画で激しいリズムの音楽が掻き鳴らされる中――

その音が届く筈もないこの場所で、同じように激しいリズムの闘争が奏でられていた。

イルヴァのサブマシンガンが鉛弾を吐き出すのに合わせ、『ヴォイドの子』は激しく身体を捩らせる。

そして、己の身体の中でもっとも金属のパーツが広く装着されている面である頭部で受け止める事で、放たれた弾丸の大半を弾き飛ばした。

何発かはその隙間を潜り抜けて皮膚を抉るが、サメの巨体からすればさほどのダメージとはなっていない。

そして、イルヴァが弾倉を交換する一瞬の隙を狙い澄ましたかのように、水面から巨大な身体を躍らせた。

ホホジロザメやニタリなど、一部のサメは時に水面から完全に身体が飛び出す程の跳躍を見せる事が知られている。

人食い鮫『ヴォイド』は、そうした極端なレベルの跳躍はしないと言われるオオメジロザメの突然変異と分析されていたが――最初の犠牲者、紅矢倉奏からして、跳躍した『ヴォイド』に丸呑みにされた。

故に、巨体と合わせてかなり異質な突然変異と推測されていたのだが、その『跳躍』という特殊な形質は『子』にもしかと受け継がれていたのである。


「フフ」

自然と、イルヴァの口から笑みがこぼれていた。

普段表情らしい表情を見せない彼女を知る者達からすれば、それは非常に珍しい光景だった。

かつて、北欧のとある国で生まれ育った一人の少女。

彼女が己の気質と才能に気付いたのは、年の離れた妹が目の前で通り魔に襲われそうになった時だった。

咄嗟に妹を庇おうと前に出たイルヴァは、不思議な感覚に襲われる。

ナイフを持った通り魔の刃。

その腕から、何か虹色の光のようなものが伸びているように『見えた』のだ。

驚くほど冷静に、まだ10代だったイルヴァは『ああ、この光は、危ないものだ』と理解し、ナイフそのものよりも優先して虹色の線を避ける。

すると、まるでその虹の軌跡をなぞるようにナイフの刃が煌き、イルヴァは紙一重でその斬《ざん》撃《げき》を躱す事ができた。

驚きに目を見開く通り魔。

イルヴァは次の瞬間、その見開かれた目に己の細い親指を抉り込ませた。

一部始終を見ていた妹が言うには——

その時、イルヴァは笑っていたらしい。


「素晴らしいな、『ヴォイドの子』よ」

今は、ハッキリと認識している。

虹色の光は、自分に迫る死の予兆だと。

つまり、その光を放つのは、自分に死をもたらす事ができるものに他ならない。

超能力や霊感の類ではなく、恐らくは五感から導き出される危機予測を己の本能が視覚として脳に反映させているのだろう。

そして、彼女は同様に次の事も認識していた。

自分は、その光を放つモノとの闘争に、何よりも悦びを覚える性質《タチ》なのだと。

さしたる苦労もなく武装勢力すら圧倒できるようになった近年では、虹色の光を見る機会は減っていた。

故に、笑う機会も減っていたのだが――

虹が。


『ヴォイドの子』と相対した今、彼女の眼下には無数の虹が花開いている。

水面の煌きそのものが虹色に輝き、落ちただけで即座に自分の死に繋がる事を予測させた。

それだけではない。

水面から、それこそ虹の架け橋のように死の光が伸び、メルヒェンチックな世界がイルヴァの周囲を包み込もうとしていた。

腹筋の力だけで身体を折り曲げ、イルヴァは空いた手で別の配管を摑む。

そのまま腕の力だけで天井を数メートル移動した所で、数秒前まで自分が足を引っかけていた配管を巨大な顎が噛み千切った。

水面からここまでは７ｍ以上ある。

それにも拘わらず、『ヴォイドの子』はあっさりと己のいた高さにまで跳躍し、存分にその牙を暴れさせたのだ。

喩《たと》えるならば、バレーボールなどを行える体育館の天井ほどの高さにまで牙を届かせた形になるが、決して不可能ではないとイルヴァは考えていた。

肉食の中では殊更巨大なホホジロザメは、自分の体長に達する程の高さにまで跳び上がるという。

７ｍどころか10ｍを越えるこのサメがホホジロザメ以上の運動能力を持っていたとするならば、自分の吊り下がっているこの位置は決して高いと言えないだろう。

事実、その牙は天井にまで届き、そこに張り巡らされたいくつかの配管を食い千切った。

何の素材かまでは分からないが、少なくとも鉄よりは頑丈だろうと推測していた天井の一部が、サメの口の形に合わせて抉れている。

下顎に取り付けられた鉄のパーツによるものか、あるいは天然物の上顎すら金属の堅さを上回ったというのか、そこまでは分からなかった。

一つだけ確かなのは、イルヴァが察知した死の気配――虹色の光による警告は正しかったという事であり――

未だ、その光が消える事はない。


「！」

天井にまで跳び上がったサメは、重力に引かれて落下する寸前にその巨体を捩り、凄まじい速度でイルヴァに向かって尾を振り抜いた。

巨大な鞭《むち》を思わせる、鋭く重い一撃。

下手をすればまともに直撃しただけで命を奪いかねない死神の鎌だ。

イルヴァは寸前でそれを躱し、別の配管へと手を伸ばす。

だが、その配管の先は『ヴォイドの子』に食い千切られていた。

体重の重みで一方の支えを無くしたパイプが曲がり、空中ブランコのように弧を描いてイルヴァの身体が宙を滑る。

その間に、サメの巨体は水中へと落下して、水飛沫と共に姿を消した。

イルヴァは配管が折れ曲がっていく流れに身を任せながら、冷静に『ヴォイドの子』の尾が通り過ぎた場所に目を向けた。

いくつかの配管が拉《ひしゃ》げ、天井の照明の一つが砕け散っている。

生身で受ければ尾の鋭さそのもので身体が刻まれていてもおかしくない威力だ。

——歯だけではない。

——尾も……ヒレも……。——いや、全身が人を殺傷せしめる凶器というわけか。

冷静に分析しながら、イルヴァは配管から再び跳躍し、先刻まで自分がいたのとは反対側の壁面へと辿り着く。

だが、こちら側には通常の通路がなく、配管メンテナンス用の細い足場があるのみだ。

間髪《かんはつ》いれずに、水飛沫がイルヴァを襲う。

しかし彼女もそれを予想していたようで、壁の突起や配管、電気系統の制御パネルの角などに足を掛けて斜め上へと移動した。

手を使わず、足だけを器用に使って移動するその姿は、岸壁を飛び交うカモシカを思わせる。

空いた両手で弾倉を交換した彼女は、そのまま弾幕を水面に張る事で相手の動きを牽制《けんせい》しつつ、次の一手を思案した。

この規格外の怪物を仕留められる、高威力の一撃を加える為の一手を。

そして、彼女は、入り口から様子を窺っていた部下達に声を掛ける。

「爆薬と起爆装置を、いくつかまとめて通路に転がせ！」

「こいつを生け捕りは無理だ。……ミンチにする」


♪

研究所　機密区画

「……おいでなすったか」

肩を竦めた雫の目には、非常電源で復活した機密区画の管理パネルの一部が赤く光っているのが映し出されている。

それは非常口の扉が開かれたという合図であり、それから数分と経たぬうちに、無骨な足音が雫のいる場所に近づいて来た。

「よう、お姫様」

現れたのは、無骨な銃を装備した数人の男女。

その先頭に立つ、髑髏《どくろ》の下顎をモチーフとしたバンダナを口に巻いた男が恭《うやうや》しく一礼をしてみせた。

「お姫様、というような年でも立場でもないが……さしずめ君達は白馬の王子かな？　それとも七人の小人？　毒リンゴを配る魔女じゃない事を祈っているよ」

「そいつはアンタの態度次第だ。っつーか毒リンゴの魔女だと最後俺が死ぬじゃねえか」

「死なない方法ならある。白雪姫《しらゆきひめ》と仲良くすることだ。……まあ、私が白雪姫ではないという最大の懸念事項をどうするかという問題はあるね」

雫が言い放った皮肉に対して肩を竦め、バンダナの男が言葉を続ける。

「随分と落ちついてんじゃねえのよ。俺達が来るのを知ってたのか？」

「上で何か尋常じゃない事になっているのは把握していたからね。それに、『カリュブディス』が動いているという話も耳にはしていた」

聞いたのはつい先刻なのだが、さも『ずっと前から情報は摑んでいた』とばかりの態度を取る雫。

これで相手が『カリュブディス』絡みの人間ではなかったら大恥だなと考えていると、バンダナの男が再度肩を竦めながら口を開いた。

「かまをかけようってんなら無駄だぜ？　まあどうせ口止めもされちゃいねえし、バレたところですぐにどうにかできる相手でもねえだろうがな」

「やっぱり『カリュブディス』じゃないか。国家や企業だったら口止めするだろうしね」

「ま、美人とお喋りするのは嫌いじゃないがね。大人しく来てもらおうか……っていうか、せっかくの機密区画だ、先にここで引き出せるだけのデータを引き出してもらうとしよう」

「ああ、いいとも」

やけにあっさりと頷く雫に、バンダナの男は訝しげに首を傾げる。

「……随分と素直だな。普通なら『大事な研究成果は渡せん』ってわめくところじゃねえか？」

「生憎《あいにく》と、そこまで生真面目《きまじめ》な科学者じゃなくてね。寧ろ科学者失格と呼ばれる類の人間さ」

「なんだよ。わざわざこんな大袈裟な真似しなくても、はした金であんたの研究成果を売ってくれてたってのか？」

「いいや。君達が島全体の電気を止めてくれたお陰で……私の未練は無くなったのさ。研究が完成したと言ってもいい」

椅子に座ったまま満足げに微笑む雫を見て、バンダナの男はしばし考えた後、答えた。

「そいつぁ、あのサメの事か？」

「！」

微笑みを消した雫の反応を見て、バンダナの男はニヤリと笑う。

彼以外の襲撃者達は周囲を警戒しており、バンダナの男だけが雫と相対する形で手近な椅子に腰掛けた。

余裕を見せるように足を組みながら、男は楽しげに語り出す。

「あんたの大事な大事なモルモット君、やってくれたぜ。俺の仲間を三人もぶっ殺して、その内二人をムシャムシャと喰いやがった」

「……ッ！」

その言葉を聞き、少なからず雫は動揺したような顔を見せた。

「興味深いね。それは、君達から何か手を出したのかい」

「撃ち合いにはなったらしいがな。最初の一人は何もしてないぜ？　あんたを攫《さら》うか殺すかって打ち合わせをしながら歩いてたらよ、突然イカをぶつけられて、水辺に寄ったらそのまま喰い殺されたんだとよ。なんだそりゃってなる話だが、報告を信じるならそんなところだ」

「……」

雫はその言葉を聞いてしばし考え、どこか照れたように苦笑する。

「そうか……『人食い』になってしまったのは残念だが、仕方がない。私を助けようとしてくれたんだと考えよう」

「あんたを助けたぁ？　……まさかとは思うが、あんたを攫って話を聞いて、人間みたいに考えて動いたとでも言うつもりか？」

「ああ、私はそう信じているよ。姉である私が救わなければいけないのに、弟に助けられてしまったというのは複雑な気分だが……いや、複雑でもないな。存外に嬉しいね」

「……俺は科学者と話をしてるつもりだったが、もしかして絵本作家だったか？」

どこか小馬鹿にしたように言うバンダナの男だが、その双眸は笑っていなかった。

頭ごなしに否定するのではなく、何らかの情報を探ろうとしているかのように思える。

雫もそれを理解しつつ、さりとて今さら隠す事もないとばかりに淡々と言葉を紡ぎ出した。

「ファンタジーの話をしているわけじゃない。まあ、会話が成立しているかどうかの実証はこれからだったが……私はそう確信している」

「あんた、大丈夫か？　それとも、そいつもアンタの研究の一部か？」

探るように尋ねるバンダナの男に、雫は不敵な笑みを向ける。

「脳を肥大化させる遺伝子……という物を知っているかな？」

「悪いが、科学雑誌は読まない性質《タチ》でな」

右手に銃をぶら下げながら言う男に、雫は動じた様子もなく語り続けた。

「人間の場合だとARHGAP11B。これは人間特有の遺伝子でね、DNAがほぼ一致する他の霊長類にはなくて、人間だけが持ち合わせている特殊な遺伝子だ。その遺伝子が発現したからこそ、人間が今の脳機能を手に入れたと言われている。ただ一つの遺伝子の取得で、類人猿は人間へと進化したわけだ」

「ほう？　つまり、何が言いたいんで？　まさか例のサメにその遺伝子を組み込んだとでも？」

男の問いに、雫は首を振った。

「勿論人間とサメでは脳の作りも全く別物だから、その遺伝子を組み込んだところで脳が肥大するわけではないだろう。いや、これも実験したわけではないから断定はできないが……」

雫はそこで一旦言葉を止め、表情を僅かに曇らせながら自分の推測を述べた。

「恐らく、『ヴォイド』を作った連中は見つけ出すか……あるいは創り出す事に成功したんだろうね。特定の種のサメの『脳』を進化させる遺伝子を。私が殺した『ヴォイド』の細胞から、未知の遺伝子が発見された。研究の結果、それは確かにオオメジロザメの脳を飛躍的に発達させるファクターだと証明された」

「勿論それは、『ヴォイドの子』であるカナデにも引き継がれている」

♪

海洋直結区画

相手の攻撃パターンを見て、イルヴァは更に確信を深める。

この『巨大鮫』は、確実にこちらの動きを学習していると。

――魚だとは思わない方がいい。

――このサメは、確実に『思考』している。

彼女が飛び移ろうとしている場所を予測して水飛沫と己の跳躍を組み合わせてくる様子を見て、イルヴァはそのサメの知能の見積もりを更に上方修正した。

人間のように思考していると考えるべきだ。

いや、人間の思考力に、更にサメの反射神経が加わるのだ。決して油断はできない。

――そもそもサメと人間、反射神経はどちらが上なんだ？

一瞬そんな事も考えたが、無意味な問いだと心中で首を振る。

――そもそも『ヴォイド』からして普通のサメを逸脱していたのだ。

――通常のサメと比べるな。

そのままイルヴァは相手の裏を掻く形で海洋直結区画の壁面と天井を往来し、最終的に部下が通路に投げてあった高性能爆薬と起爆装置のセットまで辿り着く。

だが、それを狙っていたかのように、『ヴォイドの子』は死の水飛沫を撃ち放った。

間一髪で爆薬と起爆装置を拾っていたイルヴァは、そのまま最初の時と同じように飛沫を避けて壁面を駆け抜け、天井へと跳躍する。

『ヴォイドの子』は、その瞬間を狙っていた。

先刻から続いた跳躍による噛みつきで、天井の配管は殆ど剝がれ落ちており、摑まれる場所は限定される。

イルヴァの走る位置から届く天井の無事な配管は一箇所であり、『ヴォイドの子』は、そこに辿り着く事を予期して先んじて跳躍を行っていたのだ。

「……やるな」

跳躍しながら微笑みを浮かべるイルヴァ。

その身体が天井に届くより先に、『ヴォイドの子』の巨大な顎が迫り、

そして――

♪

研究所　機密区画

「つまり、あんたがここで育てて俺の仲間を喰っちまったサメ野郎には、人間と同じように考えたり、感情があったりするかもしれない……って事か？」

「半分は、私の希望的観測だけどね。そのあたりの推測も研究データに纏めてある。好きに使うといいさ。理解できるならの話だが」

「ふうん」

男は荒唐無稽とも思える雫の話を聞き終えると、口元を覆うバンダナの下で口元を歪ませながら呟いた。

「そいつは、可哀想に」

「……？　何を言ってる？」

「憐れんだのさ。あんたの大事なサメ君をな」

機密区画の天井。

すなわち海洋直結区画の方向へと目を向けながら、言葉通りの憐れみを僅かに籠めつつ、愉悦に満ちた笑みを浮かべて見せた。

「感情があるって事は……今ごろ、怖くて泣いてるかもしれねえぞ？」


♪


その巨大な顎がイルヴァの身体に届こうかという直前――

「お前は、強かった」

彼女はそう呟くと、一つ目の起爆スイッチを押し込んだ。

すると、避けた水飛沫の到達する場所――数秒前まで己がいた壁面で激しい爆発が起こり、その爆風でイルヴァの身体が加速する。

それにより、間一髪で『ヴォイドの子』の牙を擦り抜けた彼女は、その刹那にもう一つの爆薬――粘土状のプラスチック爆薬を、ヴォイドの側頭部の金属パーツに貼り付けた。

そのまま巨大鮫の身体をゴム底ブーツで蹴り飛ばし、爆風の勢いを借りてかなり離れた場所にあった天井の配管を摑み取った。

そのまま水中へと落ちる『ヴォイドの子』を、どこか名残惜しそうに見つめた後――

イルヴァは、躊躇う事なく二つ目の起爆スイッチを押し込んだ。


派手な水飛沫があがり、それに交じっていくつかの金属片、そして赤と白の肉片が宙を舞う。

それを避ける事もなく身に受け、返り血を浴びたような状態になったイルヴァ。

彼女の顔からは高揚が消えており、再び氷のような無表情が顔面に張り付いていた。

「久しぶりに、楽しめた」

水面に広がる赤い血の色を見下ろしながら、イルヴァは心からの言葉を口にする。

「……感謝する」

第9歯

己の身体の一部が裂ける感覚が、『彼』の全身を包み込んだ。

衝撃が身体の中を駆け抜け、幾重にも増幅されては衝撃同士が交錯し、ただひたすらに暴れ巡る。

『彼』はその衝撃が駆け抜けた刹那、己の存在が消失したという感覚に呑み込まれた。

喪失。

暗転。

そして、虚無《ヴォイド》へと堕ちていく。

♪

人工島『龍宮』市長室

「また爆発か。これは……研究所の方だな」

遠くから鈍く響く爆音に嫌な予感を覚え、市長である富士桜龍華は眉を顰める。

それに答えたのは、先刻まで放送設備から流れていたふざけた調子のアナウンスと同じ声だった。

「大丈夫大丈夫。この段階で人質爆殺しちゃうほど、うちの連中は短気じゃないよ」

「なら、なんの為の爆破だ？　アナウンス役の君がここに居るという事は、人質への示威行動というわけではなさそうだが」

「さてねえ、市長さんに話してもいいのかなあ、どうかなあ？　どう思う？」

パンクファッション的な目隠しで双眸を覆い隠している襲撃者の女は、イルヴァの代わりの見張りとして市長に相対している。

そんな年若い――少女と言っても良い年頃の傭兵に対し、市長はどこか尊大さすら感じる笑みを浮かべて言った。

「私は話してもいいと思うがね。いや寧ろ話すべきだ。君達のボスにはそっけない反応をされてしまったが、君となら仲良くなれそうな予感がしているよ」

「余裕だねえ。カッコイイ大人のお姉さんって感じ？　それとも私が子供っぽいから舐められちゃってるのかなぁ？」

「私は相手が子供という理由では軽く見ない。天才は年若かろうが器量に富み、凡愚は１００年生きようと蒙昧《もうまい》なままだ。才に恵まれずとも、努力家ならば子供だろうと並々ならぬ経験を積み上げるものだ」

「私が天才か努力家だと思ってるなら、そりゃ見込み違いだよ？　そういうのは天才な上に努力家なイルヴァの姐御に言ってあげてよ」

眼前の少女は会話に乗っては来るが、挑発や褒めそやしに乗る口ではなさそうだ。

そう判断した市長は、相手を探るために別の話題に切り替える。

「しかし君は……声は放送で聞いたのと同じだから連中のお仲間とは分かる。分かるが、随分と奴らの中じゃ浮いた格好をしているな」

まるでパンクロック系のライブに訪れた観客のような格好をしているその襲撃者を、市長はどこか興味深げに眺めていた。

「そうそう、聞いてよ！　昼までは私も野暮ったい服着てたんだけどさあ、姐御達ったらさぁ、あんな衣擦《きぬず》れが五月蠅《うるさ》い服のままちょっとお洒落《しゃれ》なレストランに入るんだよ？　信じられる？

姐御はきっと何着ても似合ってるんだろうからいいけど」

「私が聞きたかったのは君がそんな格好をしている理由であって、お仲間への愚痴ではないのだがな」

苦笑しながら市長が言うと、

「ああ！　ごめんごめん！　私は観光客と一緒に船で来た口だよー。ちゃんと高値で流星観測のチケット買ったんだからねー？　褒めて褒めて？」

「ああ、なるほど」

見た目はまだ未成年ではないかと思える年頃だが、手には減音器付きの拳銃をぶらつかせており、目隠しをしているにもかかわらず周囲の状況を抜け目なく把握している様子だった。

——動きにくそうな格好だから簡単に組み伏せられる……などとは思わない方がいいな。

相手の立ち振る舞いは全て擬態。

必要とあらば笑いながらこちらを殺す事ができる、目の前の少女はそういう存在だと市長は本能的に理解していた。

そんな油断のならない相手を前に、市長は両腕を拘束されたまま肩を竦める。

「君らは色々な場所に散らばっている……という事か。うちの職員には内通者などいないと思いたいがね」

「……さっきから気になってたけど、市長さんあんまり怖がってないよね？　心臓の鼓動、全然変わってないじゃん」

「まあ、銃を突きつけられるのは一度や二度ではないからな。他人の命もかかっているのに落ち着き払っているのは些か体面が悪いかもしれないが」

自嘲気味に言う市長に、襲撃者の少女は不思議そうに言う。

「その割には、さっきの爆発の時だけ、ちょっと心音乱れたよね？」

「……耳がいいんだな。まるで座頭《ざとう》の凄腕剣豪だ」

「イヒっ！　それ言われるの何年ぶりだろ！　故郷にいた頃以来だよ！」

「ほう、君の故郷はどこだ？」

個人情報を話す筈もないと思いながら尋ねる市長だったが、目の前の少女は楽しげに笑って言葉を紡ぎ出した。

「もしかして、私のこと探ろうとしちゃってる？　いいよ、私の名前は野槌狐景。歳は多分18になるかならないかぐらい。名前を警察に言ったって無駄だよ。『橋』でつけた名前だから、こっちの名前は戸籍登録されてないんだよね」

そこまで聞いて、市長は軽く溜息を吐き出した。

「なるほど。越佐大橋で本来の名を捨てた口か」

越佐大橋というのは、この『龍宮』の前身とも言える、新潟県の北西部に浮かぶ人工島だ。

橋と名がついているのは、元々本土と佐渡島《さどがしま》の間に架ける橋の中継地点として建造された場所という事に起因している。

運用前に様々な社会的要因が重なって放棄された人工島は、佐渡島や本土からは隔離状態となり、結果として不法入居者達の住まう無法地帯となっていた。

「皮肉な話だな。打ち捨てられた人工島から来た人間が、完成した人工島を襲撃するとは」

「ああ、別にここに恨みや妬《ねた》みがあるわけじゃないよ？　ま、あそこから来たのは私ともう一人だけだけどさ。うちの組織って、世界中のそういうとこでくすぶってたようなろくでなしの集まりなんだよ。だから、家族を探してきて説得させるとかそういうの多分無理だよ？」

「説得でどうこうなる規模の事件ではないだろう」

話が大きく逸れかけた所で、狐景がニヘラと笑いながら筋を戻す。

「で？　結局さっきの爆発で焦った理由ってなに？」

「随分と拘るな。仲間が返り討ちにあったんじゃないかと心配か？」

「そんな心配はしてないよ。イルヴァの姐御はまず返り討ちになんかされないし、他の奴は九割がたどうでもいいしね。ただ、市長さんが心配してるのは研究所の人達なのか、それともそこで研究してる『何か』なのかが気になってさあ」

ケラケラと笑いながら、核心をつく物言いをする狐景。

彼女の問いを聞いた市長はそこで目を伏せ、暫し考え込んだ後に口を開いた。

「お前達に銃を向けられる以上に動揺していたとするならば……私はそれだけ怖れているのだ

ろうな。割り切ったつもりだったが、根源的な恐怖に抗うのは中々に難しいという事か」

「？」

「分かるだろう？　私は怖れているんだよ。ああ、君達をじゃないぞ」

自嘲気味な笑みを浮かべながら、何かを憐れむように天井を仰ぐ。

「君達が下手に刺激した結果……」

「パンドラの箱が、完全に開いてしまうんじゃないかとね」


♪

研究所　機密区画

「なに……今の揺れは」

これまでよりもだいぶ近い距離で起こったと思しき爆発の振動を感じながら、雫は表情を消して天井に目を向けた。

すると、同じ方向を見ていたベルトランが顔を顰める。

「おいおい、姐御、まさか粉々にしちまったか？　ボーナスが減っちまうぞ」

「粉々……なんの話をしている？」

僅かに焦燥を浮かべる雫に対し、ベルトランは肩を竦めながらあっさりと言い放った。

「あんたの大事な『弟』クンの話だよ」

「……なにを、言っている？」

「姐御が相手じゃ死ぬのは確定だったが、爆薬まで使わせたんなら敢闘賞《かんとう》もんだぜ？　あんたは自分の家族を誇っていい。良かったな……っと」

その瞬間、雫の腕が摑まれる。

他ならぬ、ベルトランの手によって。

彼が話し終えるかどうかという瞬間に、雫が胸ぐらに摑みかかってきたのだが――それを予想していたかのように、寸前でその両手首を摑み止めたのだ。

「……っ！」

「おお怖《こえ》ぇ怖ぇ、さっきまで悟りきった聖人みたいな面でトンチキな事を語ってたが、やっと俗っぽい反応を見せてくれたなぁオイ」

それまでベルトランと相対していた雫は、まるで己の死を受け入れた聖者のような空気すら漂わせていたが、今はその目に焦燥と怒りを滲ませ、幽鬼のような面持ちでベルトランを睨み付けている。

「ふざけるな……」

「オイオイ、そんなに怒る事か？　割と軽めの挑発だぜ？」

「カナデが……弟が粉々にされたなんて話を笑い交じりに……許せるわけがない……！」

「おっと、トンチキなのは変わってなかったか」

憐れみの籠もった目で雫を眺めた後、そのまま身を捻って雫を机に押しつける。

「おい、バンドで手ぇ縛れ」

「はい」

ベルトランの指示に従い、彼に押さえられたままのカナデの両手首を強化プラスチック製のハンドカフで拘束する襲撃者達。

歯軋りをしながら抵抗する雫だが、背中に回された両手を封じられた時点で抵抗が無駄だと悟ったのか、呼吸を荒らげながらも身体の動きそのものは落ち着かせた。

そこでようやくベルトランは押さえ付けていた肩から手を放し、挑発の言葉を投げかける。

「暴れられても困るんだよなぁ。お前のサメ……まあ、弟君？　俺達の仲間を食い殺したって言っただろうがよ。だったら反撃されて殺されてもしょうがねえよなぁ？　その程度の覚悟は……いや、サメはんなこたぁ考えねえか」

少し考えた後、ベルトランは手にしたアサルトライフルの銃口を雫に向けながら言った。

「じゃあ、覚悟するのはアンタの仕事だ」

更に怒らせようとしているのか、あるいは恐怖で震えさせようとしているのか、露骨な悪意を含ませた言葉と共に笑う。

だが、それを聞いた雫は、逆に冷静さを取り戻したかのように呼吸を整え、首をコキリと鳴らした後に理知的な声で答えた。

「……ああ、それは仕方のない事だろう。人を殺したのなら、その仲間に狩られるのは当然の帰結だ。そんな事は私もとっくに覚悟はしていたし、私自身が殺されてもおかしくはない」

「？　オイ待て、じゃあなんで俺にキレた？」

「殺されても文句を言えない事と……家族の死を嘲笑交じりに語られるのは、話が別だ」

銃を向けられているというのに、雫は全く物怖じせずに下からベルトランを睨み付ける。

その言葉を聞いたベルトランは、やや気圧《けお》されたように笑みを消し、表情に憐れみの色を強く浮かべながら問い掛けた。

「いや待て、もしかして本気の本気、マジのマジの大真面目にサメをてめえの家族だとか思ってんのか？」

「何か不都合が？」

「さっきまで俺らを煙《けむ》に巻く為のジョークかと思ってたが……こりゃ想像以上にマッドなサイエンティスト様らしいな。まあ、素直に情報を渡してくれるってんならどっちでも構わねえが」

「さっきまでは、そのつもりだったがね」

雫は顔を伏せながら、苦笑交じりに淡々と言葉を続ける。

だが、先刻までと違い、その目の奥底にはベルトラン達への敵意を滲ませていた。

「本当にカナデをどうにかしたというのなら、そんな奴らに協力するわけがないだろう？」

「おっと……こりゃ俺、余計なコトしちまったか？」

対して悪びれた様子も見せずに言うベルトランに、雫は告げる。

「あと、君には一つ言っておく事がある」

「あん？」

「覚悟がどうこう言っていたが……君は、覚悟のない相手を怯えさせながら殺す方が好きなタイプだろう？」

「あんた、実は心理学者だったのか？」

ニイ、と下卑た笑みをバンダナの下で浮かべつつ、ベルトランは言った。

「大正解だよ」

そして、部下達に指示を出す。

「そうそう、上で聞いた話じゃ、あんた一人じゃねえんだったな」

「……何の話だ？」

「ネブラの学芸員様が来てるって聞いたぜ？　俺も世界的な大企業とお近づきになりたくてね。紹介しちゃくれねぇかな」

相変わらずの下卑た笑みに、雫は静かな苛立ちを覚えた。

無駄だと思いつつも、雫は敢えて誤魔化す為の言葉を口にする。

「彼なら島が停電する少し前に帰ったよ。残念だったな」

「嘘つくなよ。庇うような長い付き合いの相手ってわけでもないだろ？」

ベルトランは笑ったまま溜息を吐き出し、周囲に視線を巡らせる。

「それとも、その学芸員と一緒に……庇いたい誰かも隠れてるとか、か？」

ピクリ、と、雫の目が泳いだのをベルトランは見逃さなかった。

普通ならば気付かない程の表情の変化。

だが、軽薄ながらも数多《あまた》の修羅場を潜ってきたベルトランにとっては非常に分かりやすい反応だと言えた。

「探せ」

部下達にそう命じるベルトランの声を聞きながら、雫はただ唇を噛みしめる。

その様子を見て、バンダナの下の笑みを更に歪めながら、ベルトランは周辺にある何台ものパソコンや、大型のスーパーコンピューターと思しき機械。そして幾重にも積まれた研究資料の山を見ながら独り言を呟いた。

「しっかし、サメ野郎についての資料を根こそぎって話だったが……」

「……流石に、これ全部持って帰れとは言わねえよな？」

♪

人工島『龍宮』島内警察署　応接室

「資料はさして重要じゃない！　問題は研究者達の安全と、実験体の確保だ！」

島内に設置された龍宮市警察署の応接室の中で、焦燥に満ちた声が響き渡る。

研究所の主任の一人であるクワメナ・ジャメは、警察署内の個人的な知人である男を前にして、真剣な調子で何かを訴えていた。

「襲撃者達の目的は研究所だ。実際に内部で警備員が殺され、同僚達が人質になっている！」

「だがな、ジャメさん。外を見てくれ。この様子じゃ我々もできる事は限られてる。元から流星観測の警備の為に出払っていた署員達が戻ってくる事すら困難な状況だ」

署内でもそれなりの立場にいるであろう初老の男は、そう言いながら窓際に移動し、ブラインドの一部を指で開く。

そこから見えるのは、警察署の入り口に詰めかける群衆の姿だった。

警察に状況を聞こうとしている者や、警察の責任だと抗議をしようとしている者、純粋に保護を求める親子連れやトイレを貸せと喚いている者まで、それぞれの人間が様々な理由を叫びながら警察署の中に入り込もうとして押し問答となっている。

「ジャメさんだって、裏口を知ってたからスムーズに入れただけだ。バッテリーを繋げた無線で本土とはなんとか連絡が取れたが、具体的な施策についての返答はまだ無い。とにかくこちらの情報を寄越せの一点張りだ」

「……本土から特殊部隊が来る可能性は？」

「流石に部外者にそこまで具体的な事は伝えられんよ。個人的な見解を言うなら、まずは島に近づくのに一苦労だと思うがね」

「ああ、この規模の事をしでかす連中だ。携行用の滞空ミサイルランチャー程度は持ち込んでいるだろう。やり口からして、正規の訓練を受けた従軍経験者の集まりとも思えない。どちらかというと無法者の集まりだ」

つまるところ「何をしでかすか分からない」という結論だ。

「ヘリや船舶での接近は難しい。潜水艦なら可能かもしれないが、自衛隊が警察に貸し出す手続きや、そもそも自衛隊案件であると判断されるまでどれだけ時間がかかるか分からない。その間に連中は研究資料と……場合によっては研究者の身柄そのものを奪って島から逃げ去る事だろう」

クワメナは先刻保護した部下からの話などを元に、目的が研究所の機密区画にあると判断していた。なお、その部下はパニックを起こしかけていた為に、警察署内の医務室で保護されている。

それを聞いた警察署の幹部らしき初老の男は、溜息を吐きながら言った。

「しかも市庁舎の職員達も市長ごと人質に取られている。そちらにも人員を回す必要があるんだ。もちろん研究所にも署員を送るが……下手に突入させるわけにもいかない。仮に突入して制圧するにしても、相手の規模を考えればどちらかに人員を集中させる必要がある」

「市庁舎の方は囮か、二次的な人質だろう。奴らの本命は恐らく研究所の方だ」

「研究員が人質に取られてるという話自体を疑う理由はないが……そもそも、機密区画で一体何を研究してたんだ？　答えによっては、君の話の信憑性も高まるし本土の対応も大分変わるだろう」

「……悪いが、君達が部外者に言えない事があるように、我々にも同様の守秘義務がある。人命がかかっている状況だが、それこそ下手に広まれば混乱を呼ぶ内容なんだ。ああ……ただ、ＬＳＤの合成や大麻草の栽培のような、法に触れる真似はしていないと断言できる。ゾンビウイルスも無いからそこは安心してくれ」

後半はヤケになったように言い捨てるクワメナに、初老の男は溜息を吐きながら言った。

「ゾンビはともかく、化学兵器や細菌兵器は研究所に存在しないと思っていいんだな？」

「ああ、兵器ではない。……少なくとも、我々の研究所では兵器としての運用は考えていない」

「待て待て待て！　なんだその濁《にご》した物言いは!?　途端に不穏になったぞ！」

焦る知人を前に、クワメナは相手よりも大きな溜息を吐き出しながら言葉を紡ぐ。

「これは、場合によっては守秘義務違反になるのを覚悟で言うが……我々の研究は『予防』だ。担当者の思惑は多少理解し難い『家族愛』だったが、『それ』を兵器として扱うような真似はしないという点では共通している。『予防』という観点にも賛同はしてくれていた」

「予防……？　なんの？」

「災害対策のようなものだと思って欲しい。それこそ、危険な病原菌が発見されたらその対策の為に病原菌そのものを研究するだろう？　ヒグマの対策を取るには、ヒグマがどのような生態で如何なる習性を持つのかを研究する必要がある。ヒグマの場合は先人達の経験から応用もできるが、我々の相手は突発的だと思われていた災害だった」

具体的な名称などは出さず、クワメナは比喩表現を多く用いて語り続けた。

「だが、災害の『欠片』を調べた結果、それが人為的な災害だと判明した。ならば、その災害は突発的なものではなく、近いうちに……『意図的に』この世界に放たれる可能性がある。だからこそ、我々はその災害をより詳しく知る必要があった」

「……？　いや……その物言いだとそれこそ細菌かウイルスの話に聞こえるが……そうじゃないって事は……」

警察の男は、戸惑いながらも頭の中で情報を整理し続ける。

彼の頭の中に浮かぶのは、島の代表的施設の一つである海洋研究所。

そこに所属している中で最も有名なのは、紅矢倉雫博士だ。

人食い鮫『ヴォイド』を命懸けで駆除した英雄でもある研究者。

「ん、んん?・」

そこまで考えた所で、警察幹部の男は気付いた。

頭の中での情報とクワメナの言葉が繋がり始め、その点と線が結ばれた結果が浮かび上がるにつれ、彼の顔面がみるみる青ざめていく。

「お、おいおい。冗談だろ? 俺も映像でしか観た事はないが……まさか、あの怪物の……」

「守秘義務だ」

クワメナは事の重要性が相手に伝わった事を確信しつつ、少しばつが悪そうに言った。

「私からは何も答えられない。私の今までの言葉が趣味の悪い冗談かどうかもな」


♪

数分後　島内

警察を後にしたクワメナは、人が普段通らず、知っている者以外は気付く事も少ない道を通って市庁舎の方角へと向かっていた。

——危機感を煽りはしたが、あれで研究所を優先できる程に余裕のある状況ではないだろう。

——それに……。

そこまで考えた所で、クワメナは足を止めた。

通常は人が通らない筈の通路の前後に、数名の人影が現れたからだ。

——前に一人、後ろに二人、か。

目を細めながら、サングラスの位置を直すクワメナ。

「ここは一般人は立入禁止ですよ。非常事態なのは分かっていますが、警察に保護を求めるならあちらです」

本当にただの迷い込んだ一般人の可能性もあるため一応自分が先刻まで居た警察署の方を指し示しながら告げたクワメナだが——彼自身は、その可能性は薄いと考えている。

前後の道を塞ぐように突然現れた者達の足運びなどが、素人のそれとは思えなかったからだ。

「白衣で歩いてるとか、目立ち過ぎだぜ？　ドクター」

前を歩いていた30前後と思しき男は、そう言いながらゆっくりとこちらに歩み寄る。

背後にいるのは、同じぐらいの年齢の男が一人と、顔を漫画か何かのキャラクターの面で覆い隠した小柄な人影だった。

その小柄な人影だけは服装が他の二人と違っており、ややゴシックスタイルである。顔を隠している面も流星観測の時間の少し前まで開かれていた出店に並んでいたものであり、一見するとただの島の観光客に思える。

しかし、クワメナはその小柄な人影に最も不気味な気配を感じ取っていた。

警戒する彼の前で、男の一人が口を開く。

「あんた、クワメナ・ジャメだろ？　つか、白衣で流星観測するつもりだったのか？」

「……観測が終わったら、そのまま一度研究所に戻るつもりだったのでね。それに、流星観測の夜にこの格好だと、天文学者に間違われて子供達の人気者だ」

実際にある程度の天文学の知識も持つクワメナだが、そんな彼の軽口が気に食わなかったのか、前に立つ男が懐からナイフを出しながら更に近づいて来た。

「悪いが、俺達の人気者になってもらう。研究所まで来てもら――」

男は、最後まで台詞《せりふ》を言い終える事ができなかった。

クワメナが一瞬で距離を詰め、ナイフを持つ手を抱えてそのまま捻り折ったからだ。

「なっ……」

ナイフを取り落とした男は、折られた腕の痛みが数瞬遅れて脳に伝わり、悲鳴を上げようとする。

だが、それすらも叶わなかった。

クワメナが折った腕を摑んだまま即座に投げ飛ばし、通路横の壁に男の側頭部を叩き付ける。

男は即座に脳震盪《のうしんとう》を起こし、頭部から血を流しながらその場に崩れ落ちた。

ヒクヒクと痙攣している男を見て、後ろに居た別の男が慌てて懐から拳銃を取り出す。

しかし、それもまた手遅れだった。

バックステップで距離を詰めたクワメナが、半身を捻りながら凄まじい速度の足刀を男のみぞおちに叩き込み、相手は何もできぬまま吹き飛ばされて吐血する。

――あと一人。

もっとも不気味に感じた小柄な影を探すが、その姿が見当たらない。

地上にその姿がないと確認したクワメナは、本能的に上を見上げた。

すると――満天の星空の中に、人型の影が浮かび上がる。

タイミング良く流れた流星が煌めく空を背負いながら、小柄な人影はそのままクワメナの頭部目がけて踵《かかと》落としを叩き込んだ。

鋼鉄を仕込んだ靴の踵により、クワメナの頭部は強《したた》かに打ち付けられる。


その筈だった。

小柄な襲撃者は、己の足から響く手応えの無さに困惑しながら落下を続ける。

一方、クワメナは足が触れると同時に己の身体を脱力させ、そのまま自ら地面へと倒れる事で衝撃を最低限に殺したのだ。

くにゃり、と、濡れた紙のように地面に貼り付くクワメナの巨体。

次の瞬間には、その足が頭と入れ替わりに持ち上がり、落下しかけていた小柄な襲撃者の腰を蹴り上げた。

空中から落下中だった襲撃者は体勢を整える事もできず、そのまま空中へと撥ね浮かされる。と、次の瞬間にはもう起き上がっていたクワメナが、その細い足首を掴み取り――己の身体を捻りながら、派手に襲撃者の身体を振り切った。

襲撃者の足首を持ち手と見立て、巨大な棍棒《こんぼう》を振り下ろすかのように。

足の筋肉が所々断裂する感覚を味わいながら、小柄な襲撃者は地面へと叩き付けられる。

咄嗟に身体を丸めつつ両手で後頭部をガードしたために大事には至らなかったものの、衝撃には耐えられなかったようで、そのまま意識を手放す結果となった。

他の二人も意識を失ったままであると確認しながらクワメナは独りごちる。

「私がインドア派だと思って、油断してくれて助かったな」

改めて小柄な襲撃者の方を見ると、反動で外れた面の下に露わになっていたのは、黒髪黒目の年若い少年の顔だった。

それを見たクワメナは、助かった事に対する安堵と、殺さずに済んだ安堵の入り交じった息を吐き出した後、どこか悲しげな顔をして言った。

「少年兵の類《たぐい》か？」

気絶したままの少年兵の方を見ながら、研究所の主任であり、元『警備主任』でもある男は、どこか自虐的に呟いた。

「私もそうだったよ。……学者を志すまではな」

そして、疲れたような溜息を吐き出しながら肩を竦め、倒れている男達の手足を彼ら自身が持っていたハンドカフで拘束し始める。

「市庁舎の様子を見に行きたかったが……先にこの三人を警察署まで運ぶとするか」


♪

機密区画

「ああ？　三人とも音信不通になっただと？　灯狸《とうり》の奴もやられたってのか？」

ベルトランは、地上にいる部下からの報告を受けながら、小声で答えを返す。

雫とは大分離れた場所に移動しての会話だが、万が一にも聞き取られては困るからだ。

「ちっ……凄腕の護衛でも一緒に居たのか？　……まあいい。肝心のサメ博士の方が生きたまま確保できた。機密区画の主任とやらはお役御免だ」

クワメナ・ジャメという主任の確保に向かった三人が返り討ちに合うという予想外の事態に溜息を吐いた後、気を取り直してベルトランは報告してきた部下へと指示を出す。

「それより、狐景にはまだ報告するなよ。するにしてもイルヴァの姐御が一緒の時にしとけ。弟が捕まったとか知った日にゃ、アナウンスで勝手に『野槌灯狸を解放しろー』とか暴走しちまうに決まってる」

野槌狐景と野槌灯狸は、年若いが独特の技術とセンスを持ったメンバーであり、灯狸の方は過去に何人も体格差のある相手を沈めてきている。プロの軍人相手ならともかく、平和な国の警備員や警察官程度なら問題ないと考えていたベルトランだったが、多少認識を改める必要があると感じていた。

そんな顔をしながら戻ったせいか、雫が逆に挑発するような声を出す。

「何か、予定外の事でも？」

「特に何も、順調過ぎて飽きが来てたところだ」

いつもの下卑た笑みを浮かべながら、ベルトランは部下達が机の上に積み上げている資料のうちの一束に目を通す。

そこに書かれている専門的な事柄は理解できなかったが、大まかな概要だけを読んで目を細めた。

「しかしまあ……よくもこんな研究に手ぇ出したもんだ。映画に出てくるやべぇ科学者そのまんまじゃねえかよ」

呆れたように言った後、その紙束を机の上に投げ捨て雫の顔を睨《ね》め付ける。

「かくして、あんたはパンドラの箱を開き、世に災厄を解き放ったってわけだ。ま、俺の仲間を数人殺しただけのショボイ災厄だったわけだが？」

ギリシャ神話における、『あらゆる災厄の詰まった箱を開けた人類最初の女性』というエピソードになぞらえたベルトランだが、雫は少し考えた後、顔を左右に振った。

「もう、パンドラの箱はとっくに開いてたんだ。恐らくは『カリュブディス』か……あるいは別の誰かが、カナデの親である『ヴォイド』を生み出した時点でね」

「はっ、責任転嫁でもするつもりか？」

「いや、そんなつもりはないさ。ただ、私はカナデを『災厄』とは見なしていない。その神話になぞらえるなら、最後に残った希望そのものだったというだけさ」

まるで屁理屈のような言葉だったが、ベルトランは思わず眉を顰めた。

そう語った瞬間の雫の顔からは、一瞬ではあるがベルトラン達に対する憎しみの色が薄らいでおり、それが本当に彼女にとっての『希望』だったのではないかと思わせた。

だからこそ、彼女の事が余計不気味に感じられたのだが――。


そんな空気を塗り替えるかのように、更に不穏な空気が機密区画の中に満ち始める。

「蠱毒壺《こどくつぼ》……ってありますよね」


不意に、区画の奥の暗がりから声が響いた。

「ほら、あの……あらゆる毒虫を壺の中に閉じ込めて殺し合わせ、生き残った蟲《むし》を呪詛《じゅそ》に用いるという儀式ですよ」

聞き覚えのある声。

つい先刻まで、普通に会話していた筈の声だ。

「パンドラの箱も、元々は壺だとされていたそうですよ。詰まっていたのは災厄とも祝福とも、残った希望もまた一つの災厄だという説もありますが……」

だが、雫はその声の持ち主の顔が咄嗟に想像できない。

声は確かに同じなのだが、その言葉の裏側にある人間の本質のようなものが、まるで違うもののように感じられたからだ。

「もしも……もしもパンドラの箱の中に災厄と希望が入り乱れていたのだとしたら」

雫は、その声に底知れぬ不気味さを感じながら、暗がりから現れたモノを凝視した。

「喰らい合った時に、残るのはどちらなんでしょうね?」

そこに立っていたのは——
涙目のラウラの後頭部に拳銃を突きつける、ウィルソン山田と名乗っていた男の姿だった。

♪

スパニッシュレストラン『メドゥサ』

弟の件で憔悴しきったのか、八重樫ベルタは店のカウンター席に座りながら、テーブルに突っ伏して気絶するように眠っていた。

そんな彼女の頭上では店内用のテレビが点けられたままとなっており、夜のニュース番組が映り続けている。

繰り返し人工島についての報道を続けていた番組だが、進展のない状況が続いたためか、アナウンサーが深刻な顔をしたまま別の原稿を読み上げ始める。

『人工島の動きが気になるところですが、その他のニュースも報道させて頂きます』

『昼に東京湾で見つかった遺体ですが、ネブラのアメリカ本社の学芸員であり、事業のため来日中だった山田ウィルソンさんのものであると判明し――――』


♪

機密区画

「こいつぁ驚いた」

雫が何か言うよりも先に、ベルトランが呆れたような声を上げた。

「話に聞いちゃいたが、まさか……その、マジで直々《じきじき》に来るとは思ってなかったぜ」

「そんなに不思議ですか？」

「まあな。言っちゃなんだが、こんな所まで直々にいらっしゃる依頼人様なんて、よっぽどのイカレ野郎だぜ？　俺らに金を払う前に逮捕されたただの射殺されただのは勘弁してくれよ？」

依頼人。

その単語を聞いた雫が、全てを理解して納得するより一瞬早く——

「申し訳ない、嘘をついていました。私はウィルソン山田ではありません」

先刻までの気弱そうな面立ちは変わらぬまま、得体のしれない恐怖を感じさせる笑顔を浮かべながら、改めて雫に自己紹介した。

「こちらも偽名で申し訳ないのですが……『カリュブディス』の中では、『ヴォジャノーイ』と呼ばれています。まあ、今後ともよろしくお願いしますよ」

彼——ヴォジャノーイは、ラウラの頭に銃口を向けたままはにかんだように笑う。


「末永く、ね」

♪

接続章

そこに居たのは、一匹の魚。

ただの魚、というにはあまりに巨大であり、歪《いびつ》であり、禍々《まがまが》しかった。

『彼』は、意識の喪失と共に、身体の奥底から湧き出るモノを感じていた。
それは矛盾ではあるが、失った部分から湧き上がる、暴力的な虚無《きょむ》。

喰らえ

喰らえ

喰らえ

喰らえ

喰らえ

己の身体と意識に訪れた喪失を補《おぎな》うために、己以外の全てを湧き上がる虚無《きょむ》の中へと放り込めと『彼』の本能が訴え続けている。
飢《う》えすらも呑み込む、自分の身体と同じ大きさの虚無《きょむ》。

無限の深さを持つその穴はただひたすらに求め続ける。

虚無《きょむ》を埋める事をではない。

周囲を更なる虚無《きょむ》へと呑み込み、『穴』をただひたすらに拡げよと。


この傷が癒《い》えると同時に、全ての衝動に身を任せようと『彼』は思考する。

己が死にかけているのは、本能に身を委《ゆだ》ねなかったからだと。

今こうして思考している心も全て捨て、湧き上がる『穴』に全てを委ねるべきだったのだと。

やがてそうした思考をする自我すらも失いかけ、芽生えた理知の光も全て虚無《きょむ》の中に呑み込まれようとしていたその時――


「カミサマ　フリオヲ　ドウカ　ブジニ……エ？」


音の羅列が。

透き通るような、どこか安らぎを覚える高い音の羅列が虚無《きょむ》をぼやけさせる。

更に、その中に「フリオ」という聞き覚えのある音の羅列があった事に気付き、失いかけていた理知の光が再び灯った。

「ナニ、アレ……オオキイ……サメ？」

「ケガシテル、ダイジョウブ？」

「コノカナグ……モシカシテ、アナタ、シマカラキタノ？」

次々と頭を揺らすその音の羅列――誰かの声が、穴に引きずり込まれかけていた『彼』の心を、意識を、理性を再び世界の中に呼び戻した。

本来ならば、出会う可能性は低かった二つの意志。

出会ったとしても、餌と捕食者で終わる筈だった関係。

だが、如何なる運命の悪戯《いたずら》か、『彼』は流れ着いた先で『彼女』に出会い――

かくして、虚無《ヴォイド》は裏返る。

己の存在を、世界に広く広く歌い奏でるために。

次巻へ続く

あとがき

初めましての方は初めまして、成田《なりた》良悟《りょうご》と申します。

電子書籍で展開していたこの「シャークロア～炬島のパンドラシャーク」シリーズですが、この度ついに紙の書籍として出版させて頂く事とあいなりました！

電子版1歯《いっし》目をお買い上げ頂いた方には後書きの内容が被りますが、何卒御容赦頂きたく！

数年前にちょっと大病をやらかしまして、長期入院などを経て小説を書く感覚が中々取り戻せずにいた時期を過ぎ、リハビリを兼ねましてコツコツと書きためていた当シリーズ。こうして新しい書籍の形で出させて頂いた事、本当にありがたく思います！

デビュー前からサメ映画とサメが好きだった身の上ですが、陸地に住んでいる為に実際にサメにガブリとされる怖れがないからこそ安心してサメ好きで居られた……という一面は確かにあるでしょう。ところが平成令和のこの世の中、サメは様々な作品で進化を遂げました。砂浜を泳ぎ、雪山に登り、家に侵入し、空を飛び、ステイサムと闘い、ＣＧの世界から飛び出し、犬と融合して喋ったり、ついにはトウモロコシ畑さえをも支配したりする時代となりました。

太古よりある種の進化の頂点として同じ形を取り続けていたサメですが、創作の中では常に新しい翼と牙を得て飛躍していく可能性の塊。それがサメだと私は信じています。私もそんなサメに新たな狩場を提供すべく、こうして筆を執《と》らせて頂きました。

自分の好きな物を作品にするのは同好の徒《と》にしか解らない閉鎖的なネタになりがち……という話もございますが、小説家になってそろそろ20年を迎えるにあたり、一度ぐらいは好きなものを好き勝手に書いてみようという試みで始めさせて頂いたのがこの『シャークロア』シリーズとなります。

なお、作中キャラによって語られているサメの生態については、各種サメ図鑑やサメに関する新書など複数の文献を参考にさせて頂いておりますが、ノリを重視して書いている部分もあるので、もし実際のサメとの生態の違いがあった場合は私かキャラが話を盛《も》ったと受け止めて頂ければと……！

電子の海からスタートしたこの企画が紙の書籍として全国の書店様に水揚げされた形となりますが、この先にこのシリーズが如何なる旅路《たびじ》を歩むのか、暫《しば》しお付き合い頂ければ幸いです！

以下、御礼関係となります。

サメ小説という題材について様々なアプローチからデザインをして頂き、電子版に引き続いて紙でも素敵なイラストを提供して下さったしまどりるさん。

小山《おやま》さん粂田《くめた》さん青木《あおき》さん石見《いわみ》さんをはじめとする、シャークロア作成についてⅡⅤ《トゥーファイブ》でお世話になっております編集の皆さん。並びに、そのⅡⅤにお誘い頂きました、電撃文庫デビュー時代からお世話になっております鈴木《すずき》一智《かっとも》さん。

何より、この新しいシリーズの本を手に取って下さった皆様へ。

本当にありがとうございました！

この上巻に引き続き、今後もこの『サメの物語』（シャークロア）にお付き合い頂ければ幸いです！

成田良悟

畑島の
書籍発売
おめでとう
ございます!!

著作リスト

「シャークロアシリーズ　炬島のパンドラシャーク〈上〉」（ⅡⅤ）
「バッカーノ！　1〜22」（電撃文庫）
「バウワウ！ Two Dog Night」（同）
「Mew Mew! Crazy Cat's Night」（同）
「がるぐる！ Dancing Beast Night〈上〉〈下〉」（同）
「5656！ Knights' Strange Night」（同）
「ヴぁんぷ！　Ⅰ〜Ⅴ」（同）
「世界の中心、針山さん　①〜③」（同）

「デュラララ!!　1〜13」（同）
「デュラララ!!　外伝!?」（同）
「デュラララ!!SH×1〜4」（同）
「折原臨也と、夕焼けを」（同）
「折原臨也と、喝采を」（同）
「Fate/strange Fake　1〜6」（同）
「オツベルと笑う水曜日」（メディアワークス文庫）
「BLEACH　Spirits Are Forever With You　Ⅰ〜Ⅱ」（JUMP j BOOKS）
「BLEACH　Can't Fear Your Own World　Ⅰ〜Ⅲ」（同）
「RPF レッドドラゴン　Ⅰ〜Ⅴ、Ⅵ〈上〉〈下〉」（星海社 FICTIONS）

初出
・第1歯……2021年4月に電子書籍として配信された「シャークロアシリーズ　炬島のパンドラシャーク　第1歯」（ⅡV）に加筆・修正。
・第2歯……2021年4月に電子書籍として配信された「シャークロアシリーズ　炬島のパンドラシャーク　第2歯」（ⅡV）に加筆・修正。
・第3歯……2021年5月に電子書籍として配信された「シャークロアシリーズ　炬島のパンドラシャーク　第3歯」（ⅡV）に加筆・修正。
・第4歯……2021年6月に電子書籍として配信された「シャークロアシリーズ　炬島のパンドラシャーク　第4歯」（ⅡV）に加筆・修正。
・第5歯……2021年7月に電子書籍として配信された「シャークロアシリーズ　炬島のパンドラシャーク　第5歯」（ⅡV）に加筆・修正。
・第6歯……2021年8月に電子書籍として配信された「シャークロアシリーズ　炬島のパンドラシャーク　第6歯」（ⅡV）に加筆・修正。
・第7歯……2021年9月に電子書籍として配信された「シャークロアシリーズ　炬島のパンドラシャーク　第7歯」（ⅡV）に加筆・修正。
・第8歯……2021年10月に電子書籍として配信された「シャークロアシリーズ　炬島のパンドラシャーク　第8歯」（ⅡV）に加筆・修正。
・第9歯……2021年11月に電子書籍「シャークロアシリーズ　炬島のパンドラシャーク　第9歯」（ⅡV）として配信し、本書籍に同時収録。

シャークロアシリーズ
炬島《ともしびじま》のパンドラシャーク〈上〉

著　者　成田良悟《なりたりょうご》
イラスト　しまどりる

2021年11月25日　初版発行

発行者　鈴木一智
発　行　株式会社ドワンゴ
〒104-0061
東京都中央区銀座4-12-15 歌舞伎座タワー
ⅡⅤ編集部：iiv_info@dwango.co.jp
ⅡⅤ公式サイト：https://twofive-iiv.jp/
ご質問等につきましては、ⅡⅤのメールアドレスまたはⅡⅤ公式サイト内「お問い合わせ」よりご連絡ください。
※内容によっては、お答えできない場合があります。
※サポートは日本国内のみとさせていただきます。
※Japanese text only

発　売　株式会社KADOKAWA
〒102-8177
東京都千代田区富士見2-13-3
https://www.kadokawa.co.jp/
書籍のご購入につきましては、KADOKAWA購入窓口0570-002-008（ナビダイヤル）にご連絡ください。

印刷・製本　株式会社暁印刷

ISBN978-4-04-893094-9　C0093
Printed in Japan